新　潮　文　庫

十頁だけ読んでごらんなさい。十頁たって飽いたらこの本を捨てて下さって宜しい。

遠　藤　周　作　著

新　潮　社　版

8763

目次

十頁だけ読んでごらんなさい。
十頁たって飽いたらこの本を
捨てて下さって宜しい。

序　一寸《ちよつと》したことであなたの人生が変る

――人生の明暗を分けた、一寸したこと

□不器用人間の欠点を長所に変えた一寸したこと

十頁《ページ》だけ読んでごらんなさい。十頁たって飽いたらこの本を捨てて下さって宜《よろ》しい。

T君の話からこの本を始めます。T君はぼくと同じ大学を同じ時期に出て、ある電気会社に入った男でした。入社早々彼が与えられた仕事はお定まりのセールスでしたし、根が実直でクソ真面目《まじめ》な男にもかかわらずどうも成績があがらない。セールス・マンの社会は生存競争が激しく、友人・先輩といえども自分の売りこみ方の秘策をなかなか洩《も》らしてはくれない。

T君もそれほどボンクラではないから本屋に入っては「売り込みの秘訣《ひけつ》」だの「こ

れが現代の話術だ」という本を買っては色々と研究を試みたのですが、理窟《りくつ》と実践とはやはり大きな違いがあるもので相変らず効果があがらない。

ところが入社して一年目に彼は一つのふしぎなことに気がつきました。そのふしぎなことと言うのは同僚のSとよぶ男が近頃ぐんと手をあげていることである。そのため上役からもおぼえが段々とよろしくなっているのである。

だが、これだけでは別にふしぎではない。ふしぎなのはこのSという男がT君から見ると別に目から鼻に抜けるような小利口な才子でもなければ、上手なセールス・マンに欠くべからざると言われている巧みな弁舌の才能も持っているわけではない。風《ふう》采《さい》だってどちらかと言えばモソオッとしている方だし、眼鼻だちも貧弱で派手な顔とは言えぬ。

そんなモッサリ野郎が自称イブ・モンタン*をひそかにきめこんでいるT君よりも成績をあげている事実がまことふしぎ中のふしぎでありました。

「あいつ、どんな手を使ってやがるんだろ」

内心、おだやかならぬT君はその日からこっそりSをひそかに観察しはじめた。観察しはじめたがどうもその手の内がわからない。

思いきって体当りをする決心をしました。春の黄昏《たそがれ》、T君はSを誘って新宿の飲み屋に連れていったのである。

「ね、教えてくれよ。一体どんな秘訣があるんだね」

T君の哀願にも似た声に、相変らず風采あがらぬ洋服をきて、一、二本の酒に顔を真赤にしたSは眼をしばたたきながら答えました。

「手紙だよ」

「テガミ?」

「うん」Sは人の良さそうに肯《うなず》きました。「俺は君も知っているようにセールス・マン向きの顔じゃない」

「いや、いや、そんなことないですよ」

「知っとるよ、ほんとだもん。それに君のように弁舌も巧みじゃなし」

＊イブ・モンタン（Yves Montand　一九二一～一九九一）
フランスで活躍した俳優・シャンソン歌手。イタリア生れ。一九四六年に出演した『夜の門』で、主題歌の「枯葉」を歌ってヒットさせた。

「そうかなあ」

「だから、この欠点を何で補うか考えたのさ。そこで……結局、俺みたいな男が頼りにできるのは手紙だと思いついたのさ」

　Sはゆっくりとしゃべり始めました。風采もあがらず、弁舌も下手な彼は自分の長所というものがあれば「誠実」であるより仕方がないと考えたのでした。しかしこちらが「誠実」でもお客さまがその「誠実」を認めてくれなければ仕方がない。

　そこで彼は弁舌に頼らず、手紙のはじめにまず自分が口下手な男であり、不器用な人間であり、セールス・マンとして向かないことを朴々《ぼくぼく》と書いては訪問したあとの礼状として客に送ったのでした。

　そのほか、彼は一寸した公用や私用の旅行先からも自分の客たちに気に入りそうな絵葉書を買って一筆啓上することを忘れませんでした。

「それだけだよ」Sは杯を口に運びながら話を終えました。

　T君は馬鹿《ばか》ではありませんでしたから、Sが旅先から送った一寸した絵葉書が眼にみえぬ好感や効果を相手にどういうふうに与えたかが想像できたのでした。

□一寸したことだけれども、大きな悔いを残すこともある次は失敗談の部類に入るものですが、こういうこともぼくらの日常生活によく起ることなので、ききながらぼくは他人《ひと》ごととは思えなかったものの一つです。

これは現在、日本でも一流の製釘《せいてい》会社の大和工業課長、大橋氏が今でも残念そうに語られる話です。大橋氏は大学を卒業されるとすぐ大和工業に就職し、九州八幡市《やはたし》*にある工場に勤務する身となったのであります。何分《なにぶん》、サラリーマン一年生の身ですから毎日の忙しさにかまけてなかなか大学時代の友人や恩師に近況を報告する暇がない。

友人たちはとも角として大橋氏が一番気にかかっていたのは恩師のN先生でした。N先生は大橋氏と同郷の先輩でもあるためか、学生時代アルバイトで講義を怠りがちだった彼をなにかにつけて激励し、かばってくれた文字通りの恩師です。この大和工業に推薦して下さったのも先生でしたから八幡についた三、四カ月は暇をみつけて大橋氏も手紙を出すことを忘れませんでした。

ところが半年たち、一年たつうちに勤務の多忙にまぎれて、彼は先生に近況を報告

＊八幡市（やはたし）
現在は北九州市八幡東区、八幡西区。

するのも怠りがちになってきた。始めは先生から手紙を頂くたびに、返事だけは欠かさなかったのに、いつかその返事さえ「明日にしよう。今度の日曜日にしよう」と繰り延べになってきた。そして――。

やがて、心ならずも大橋氏は先生にここ三、四カ月も御無沙汰《ごぶさた》してしまったのです。御無沙汰しただけではなく、先生から手紙を頂くたびに、なにか申し訳ないような気さえして、その手紙を開くのさえ億劫《おっくう》な気がしてくるようになってきたのである。

ところがその年の暮、N先生は高血圧で亡《な》くなられてしまいました。その報をきいて取るものも取りあえず、八幡から大橋氏は上京したのですが、先生は最後まで昔の教え子たち、特に彼のことを案じられていたと未亡人からきかされ、恥しさで頭が上げられなくなってしまいました。

（ああ、自分はもう少しマメに先生に手紙を差しあげるべきだった）

先生の写真の前でも、奥さまの前でも何か自分が恩知らずの男のような気がしてならなかった、と大橋氏はいつも語るのでした。

今、ぼくが挙げた明暗二つの例は皆さんにとって少し極端だと思われるかもしれません。けれども、少し胸に手をあてて考えてみますと、このようなことは多少のちがいはあれ、どんな人にも日常生活の中であるのではないでしょうか。「ああ、あの時、手紙を出しておけばよかった」とか「手紙を出さなかったためバツの悪い思いをした」という経験をおそらく味わわなかった人はないでしょう。もちろん、御無沙汰をあまりしすぎたためバツの悪い思いをしたぐらいならばそれほど重大事ではありますまい。

けれどもこれが重なると、今申しあげた大橋氏のように哀《かな》しい目に出会わないとも限らないのである。手紙を書くという「ほんの一寸したこと」のために思いがけない好運の例をつかんだり、それを怠ったために「失敗した」例をぼくは幾つでも知人の間に見ているのである。

早い話、あなた自身が書く側ではなく、もらう側の立場にたって、次の当り前な、あまりに当り前な質問を考えてごらんなさい。

(一)あなたは、郵便物の中に友人の便りをみつけると嬉《うれ》しいですか。イヤですか。

(二)あなたはマメに近況を知らせてくれる後輩と、全く無音《ぶいん》な後輩とどちらを信頼すべき男だと考えますか。

(三)あなたがもし上役だった場合、旅先から一枚の絵葉書を欠かさずよこすような部下をイヤな部下と思うでしょうか、可愛《かわい》い部下と考えるでしょうか。

（四）あなたは病気になった時、いち早く見舞の手紙をくれた友だちを「うるさい奴《やつ》だ」と思うでしょうか、それとも「彼はやっぱり俺の友だちだなあ」と感謝するでしょうか。

ほんの四つの質問にすぎませんが、その解答はよほどツムジ曲りの人間でない限り、余りにも明白です。

手紙をもらって嬉しいと思わない人はない。マメに近況を知らせてくれる後輩を信頼しない者はない。旅先から欠かさず絵葉書をよこす部下を可愛いと思わぬ上役はまずいない。病気の見舞をいち早くくれた友人をうるさいと考えるのは頭の変な奴でしょう。

こういうことは誰にでもわかっている筈《はず》です。七歳の子供だって知っている事実だ。にも拘《かかわ》らず、

あなたはなぜ手紙を書くのをオックウがるのですか。

いや、失礼。ぼくたちはなぜ、こんなに筆不精になるのでしょうか。

□一寸した行為だけど、わずらわしい行為

本当のことを申しますと、この本を書いているぼく自身が実はその昔、大の筆不精でした。四季の挨拶状《あいさつじょう》は勿論《もちろん》、どうしても出さねばならぬ返信や用件の手紙さえ、したためるのが誠にオックウで、

（明日、書いてやれ。明日、まとめて投函《とうかん》すりゃいいんだ）

そんな口実を我と我が身に毎日言いきかせ、ところが明日になると、更にその翌日に延ばすという箸《はし》にも棒にもかからぬ筆不精でした。ところが、この筆不精のためにかつて、ある友人に大変迷惑をかけてしまったのです。

その友人は兵庫県の男でぼくと中学の同級生でした。旧制高校を出てから東京の大学の入学試験を受けるために上京して、ぼくの家に泊っていきました。試験が終ったあと、彼は用事のため真直《まつすぐ》には国には戻らず、静岡に出かけることになったのである。

「いいかい。もし合格、不合格がきまったら、静岡のぼくの寄宿先にすぐ連絡してくれよ。静岡だから電報でなくていい、速達で結構だから」

この友人は東京における連絡人をぼくにきめていましたから、念には念を入れてこ

のことを頼んでいきました。

一週間ほどしてみごとにこの男が合格した通知が舞いこみました。ところが筆不精のぼくは例によって彼にその連絡をすることさえ一日、延ばしてしまったのです。（どうせ合格したんだからな。一日おくれても彼は怒らないだろう）そんな勝手な理窟をつけて、その一日が二日に延び、二日目にやっと速達を出したのです。今から考えると無責任きわまる話でした。

ところが友人はぼくの速達が当日になっても届かず、翌日になっても来ないので、てっきり落第したと思いこんだのでした。彼は落第したことを親に告げる屈辱にたえられず、静岡をとびだしてアチコチを暗い気持で放浪して歩いたのでした。

一方、ぼくは、自分の筆不精のためから、とんだ迷惑を、迷惑以上のものを相手にかけたとは知らず、ノホホンとしていたのである。

この事件があってから、ぼくは自分の筆不精を改めようと決心したのでした。

このように自分が筆不精な男だっただけに、ぼくはこの本を読まれている人の中で同じような人種の心理はよく、わかるような気がする。

実際、手紙というものは「一寸した行為」なのですが、日記と同じように筆不精の人間にとっては実にわずらわしい行為です。決して怠け心や悪意があるのではないが、手紙を書くということがオックウなのです。

では、かつてぼくがその一人であった筆不精はどうすればなおすことができるでしょうか。

第一講　筆不精をなおす一寸《ちょっと》したこと

——筆不精、三つの大きな原因

□第一の原因は名文を書こうという意識

第一講は筆不精をなおす訓練から始めましょう。

では、かりにあなたが筆不精だとする。むかしのぼくと同じように手紙を書くのが如何《いか》にもオックウな人間であるとしましょう。

だが一概に筆不精といってもそれには色々な種類があるようだ。すべての癖にはそれぞれのひそかな理由がふくまれているように、筆不精もたんなるもの臭《ぐさ》や怠惰な気持だけでは片づけられるものではありません。

ぼくの経験からいいますと、筆不精には大体、三つの大きな原因があるように思われる。

第一の原因は、手紙の中で名文を書こうという気持から生ずるものです。あるいは手紙にはなにか手紙特有の書き方があるような錯覚をもっているため、普通のなんでもないことならスラスラと書ける筈《はず》なのに、わざわざ便箋《びんせん》にむかって、「拝啓、貴下、清栄の段、奉賀申上げ候《そうろう》」こんな文章で書き始めねばならぬと思いこんでいるためです。

名文を書かねばならぬという意識、手紙特有の文章で便箋を埋めねばならぬという錯覚が――ほら、あなたの心のどこかに巣くっていませんか。それだからインキ瓶と便箋とを机の上に並べてその前に坐《すわ》るのが段々とオックウになるのである。

たとえば――

あなたの周囲の誰かで、手紙を書きなやんでいる男の動作を観察してごらん。

第一に、便秘型というのがあります。便秘型というのは、先ほども述べたように「拝啓、貴下、清栄の段、奉賀申上げ候」まことに紋切型《もんきりがた》の文章を書くことは書いたがあとが続かない。頭をかかえてウンとうなり、ウンウンと力み、力みすぎた揚句、本当のウンコをお尻《しり》から洩《も》らしかねないタイプです。

第二は便箋浪費型、これは一枚書いては破り、二枚書いてはクシャクシャに丸めて捨て、机のまわりを反古《ほご》だらけにして折角、買いたての便箋の半分を無駄にしてしまうという型です。

第三は複写型という種類です。これは婦人雑誌の付録や生活便利叢書《そうしょ》などによくある「実用手紙の書き方」「模範書簡文集」などの文例を、デクの坊のようにそのまま写すタイプです。たとえばこうした文集にはAさんにもB嬢にも通用するような当り障《さわ》りのない文例が手ぎわよく分類されています。

春の部と言えば「この二、三日、急に春らしくなりまして庭の梅の木に鶯《うぐいす》の囀《さえず》りさえ聞こえてまいります」こういう文例が載っている。この文章を庭に梅の木など、さっぱり見あたらぬアパートに住んでいる男が一生懸命丸写しをやっているのである。鶯の声のかわりに、隣の部屋から夫婦ゲンカの声が聞こえてくるのにこちらの当人は「鶯の囀りさえ聞こえてまいります」必死になって清書しているのであります。

あなたが便秘型か、便箋浪費型か、この複写型のいずれに属するかは知りませんが、もしこの三つの型のいずれかを思い当られるならば、自分の心の中に手紙を名文か、特殊な文章で書かねばならぬという無意識の固定観念があると思っていいのです。

ウンウン便箋の前でうなるのも「名文を書かねばならん」「ウマい文章をものせねばならん」と思っているからです。

書いては破り、破っては書くのも名文に悩むからなのです。

揚句の果てが自分で手紙をものすることを諦《あきら》めて、どなたにも通用する模範書簡文集を丸写しにしてしまう。

このことはあとで詳しく書きますから、その理由はここで述べませんが、手紙をしたためるに際しては名文をものしてやろうとあまり力まぬほうがいいのです。あなたが久しぶりで友だちと出あって「オイ、君、元気かい」嬉《うれ》しさのあまり思わず言葉が出る、あの調子から始めるほうがいいのです。

しかしこの点は後の章にゆずるとして、名文を書く意識をまずあなたは捨てることをやって下さい。

それから「拝啓、貴下、益々《ますます》清栄の段」というような手紙固有の文章と従来みなされていたムツかしい書き方にこだわる必要も全くありません。まして「この二、三日、めっきり春らしくなり庭の梅の木にも鶯が囀っております」など紋切型の時候の挨《あい》拶《さつ》をしたためねばならぬ義務も全くないのです。

いずれにしろ名文を書こうとする意識やムツかしい手紙文の文例をマネる必要が全くないと考える時、あなたは少しは手紙を書くのが気楽になりませんか。

□第二の原因は、悪筆だから恥しいという気持

筆不精の第二の原因に悪筆であるから手紙を出すのが恥しいというのがあります。俺の字は全く金釘流《かなくぎりゅう》であるから他人に見られるのが恥しいという劣等観念です。

だが待った。文字というのは美しく書ければそれに越したことはありませんが、「金釘流必ずしも悪からず」というのがぼくの考えです。その色々な例をここに挙げてみましょう。

ぼくは作家という職業柄、色々な先輩友人に著書を頂く場合が多いのですが、こういう頂いた御本には必ず著者の署名がしてあります。その字を拝見していますと、失礼ですが作家や文化人の六〇%が悪筆であるという結論に達してしまいました。中には作家M氏のように小学生も驚くような金釘流もありますし、著名な評論家N氏の字をもしも習字の先生が見たならば五十点はおろか、二十点をつけるのも首をかしげるにちがいありません。

ウソだと思われる方は東京の銀座にある出版社[*]Bのショーウインドーを覗《のぞ》いてごらんなさい。ショーウインドーの中には有名な作家の生原稿がそのまま並べられていますが、諸君の大半は自分とそれほど違わぬ悪筆で書かれた原稿をそこに発見されるでしょう。

だが、悪筆や金釘流も書けば書くほど、一種特有の「味」がでてきます。先ほど挙げたM氏やN氏の文字もジッと眺めていますと、成程、金釘流にはちがいないが、そこに何ともいえぬ味がある、雰囲気がある。金釘流書道というものの成果がにじみでているような気がするのです。

徒《いたずら》に型にはまった――ほらペン習字読本流の個性のない崩し字よりは、これら個性のある金釘流のほうがどれほどよいかわかりません。

ぼくの後輩に山岡という男がいました。アダ名を「ゴンさん」というのですが、ゴンさんは拳闘《けんとう》の選手で勉強のほうは至って不得手である。

このゴンさんが恋愛をして、ぼくのところに相談にきたことがある。

「ラブ・レターを出そうと思うんですが」彼は不器用に頭をゴシゴシ掻《か》きながら白状しました。「ぼくぁ駄目なんです」

「なぜ駄目なんだい」

＊出版社B
大正十二年に菊池寛が創設した『文藝春秋社』。現在は、株式会社文藝春秋。昭和四十一年に銀座より、現在の千代田区紀尾井町に本社を移転した。

「実は、ぼく——字がスゴく下手なものなので」

話をきくと相手の女性というのは三井系のある会社に勤めている娘さんだそうでした。ゴンさん、彼女をみそめたのはいいが恋文を書こうにもウマい文句がうかばず、しかも字が八歳の子供も呆《あき》れるような幼稚な字しか書けぬので——

「ぼくみたいな男の手紙、読んだだけで彼女、幻滅するにちがいありません」

一人で牛のように大きな体をちぢめて悲観している。そこで、この山岡君にぼくは後述しますような「恋文の書き方」の要領を教え、更に、

「悪筆にこだわるな。金釘流なら金釘流でいいからハッキリした字を書きたまえ。きっと君が想像できないような、逆効果が生じるから」

そう教えたのです。

果せるかな——山岡君の金釘流の手紙は思いがけない逆効果を彼女の心理の上に及ぼしました。小学生と同じような稚拙な彼の字に彼女は幻滅を感ずるどころか、一種の好意を——つまり大きな男のくせに余りに子供っぽい字をモソモソと書いたこのラブ・レターに、かえって彼の誠意を感じたのであります。彼女の母性愛?は、この金釘流によって痛く刺激されました。現在、山岡君の奥さんになっている彼女からぼくはこの話を白状させたのですから、全く女心とは不思議なものです。

いや、女心だけではなく男性の我々だって同じです。かりに君が友人の某君から金釘流ではあるが、一生懸命書いた手紙をもらったと仮定してごらんなさい。君はあまりの才筆の手紙よりもこの不器用な便りにかえって好感をもつのではないでしょうか。

金釘流だからといって心配したり、恥しがる必要が全くないことはもう、皆さんにはおわかりと思います。金釘流なればこそ、かえって手紙の効果があがるのだと考えていいのです。金釘流の人々よ、進んで手紙を書き給《たま》え。

□第三の原因は、たんなるもの臭《ぐさ》

さて筆不精の最後の理由に、たんなるもの臭というのがあります。要するに手紙を書くのが何となく面倒なため、明日延ばしにする。明日延ばしにしていくうちに、いつか出さねばならぬ返信も大事な手紙も忘れてしまうという型です。

この筆不精は先ほど挙げた二つの筆不精（名文こり型、金釘流恐怖型）よりも一般的であり、もっと治療がむつかしいのですが決してなおらないというのではありません。現にぼくがこのモノグサ病のもっともヒドいのから立ちなおっているのですから。

ではこの病気からなおるにはどうすればよいか。

一番よい方法は手紙を書くことに、興味を発見することです。手紙を書くのもなかなか興味があるわいと思うためには色々方法がありますから、これは後章で述べます。おそらくこの本を全部よまれて、それを実践して下さった方はこのもの臭筆不精を返上できる筈です。

だからこの頁《ページ》ではたんにそれとはちがったもの臭退治の副次的な療法の幾つかを列記しておくことに留めておきましょう。

（一）便箋と封筒と、葉書、及び切手をいつも家庭か、事務所に用意しておくこと

ぼくの場合、もの臭筆不精の一因となったものに、いざ手紙を書こうとする時、肝心の便箋や葉書が切れていた場合が多かったからです。「オーイ。うちに便箋、ないか」「すみません。切らしちゃってるんです」女房がこう返事するようでは、友だちに便りを出そうという殊勝な志もなくなってしまう。わざわざ文房具屋まで出かけてレターペーパーを買うのも面倒臭いということになります。

便箋や封筒はあっても、切手がないとよく書き終えた手紙をいつまでも投函《とうかん》しないで放っておく場合も多いのである。ぼくも屢々《しばしば》、経験したのですが、折角、書き上げ

た手紙を外出の際、投函しよう、しようと思いながらつい机の引出しにしまいっぱなしにしておくことがあります。

ぼくの場合、切手を家庭内に用意しておくようになったらこういう事は目だって少なくなってきたことをお知らせしておきましょう。

（二）（もし小遣いに多少の余裕があれば）便箋と封筒に少し趣味のよいものを買ってごらんなさい

趣味のよい便箋や封筒で送られてきた手紙はもらった相手も悦《よろこ》ばせます。十枚一円の茶色い安封筒の便箋ではいかにも送った者の趣味を貧相に思わせるものです。

いや、それよりも良い便箋を使うようになりますと、ぼくのようにケチな心の持主は先ほど述べた便箋浪費型にならなくなりました。更にこの趣味のよい封筒や便箋を使う機会がなんとなく楽しくなり、「ヨウシ、今度は張りきって手紙を書いてやろう」そんな気分に駆られたものでした。こうした便箋や封筒は近ごろは大きな町に行けば案外たやすく手に入るものですから、筆不精克服と御自分の趣味のために用意されることをお奨《すす》めします。

(三) 葉書をできるだけ利用すること

葉書で便りを出すのは失礼だと思われがちですが、全く手紙を送らないよりは「葉書一本」でもしたためる方がはるかに礼儀にかなっています。

葉書をたえず鞄《かばん》やハンドバッグの中に入れておきますと、車の中、コーヒー店、駅で電車を待っている間に素早く、一寸した便り、出さねばならぬ返事を書くことだってできます。葉書ではあまり無愛想だと思われる方には、美術館や画廊を見物した時、出口などで売っている上品な絵葉書を少し買いこんでおかれるのも一法でしょう。

但《ただ》しこの場合、買った絵葉書には即座に切手をはりつけることをお忘れなく。それでないと先にも申しあげたように折角絵葉書を書くことは書いたが、肝心の切手を郵便局まで行って買うのが面倒臭くて、もの臭太郎に逆戻りしないとも限らないからです。

以上、三つのことを念のため、もう一度、列記します。

(一) 便箋、封筒、切手を身のまわりにいつも用意しておくこと

（二）趣味のよい便箋、封筒を使って手紙を書くことに楽しみをもつこと

（三）便利な葉書をいつも鞄やハンドバッグに入れ、外出先の途中で大いに利用すること

なんでもないことなのですが、この三つを実践されると、それだけで筆不精の習慣は五〇％減るといっても過言ではないのです。これは筆不精だったぼく自身やってみて、なかなか成果のあった方法ですから、あえてみなさまにもお奨めするのです。

第二講　手紙を書く時に大切な一寸《ちよつと》したこと
――手紙の書き方には根本原理がある

□手紙を書く時は○○○の○になって

この本の始めに十頁《ページ》だけ読んで下さいとぼくはお願いしましたね。その十頁もすぎたようです。

それでは一時、流行になったクイズではありませんが、この見出し題の○の中に適当な言葉を入れて下さい。適当な言葉が入れられた方はそれだけでもう手紙の書き方の根本原理を御存知の方である。もう読み続ける必要はありません。こんな本は古本屋に売りとばして、そのお金で今川焼でも買って下さい。だが○○○の○がわからぬ方は仕方がない。気の毒ですがもう少し読んで頂きましょう。

筆不精を今日からなおそうと思う諸君についての多少の助言は前講で述べました。

前講で述べたことを曲りなりにも実行されたら、今度は便箋《びんせん》と封筒とを机の上にひろげて下さい。ぼくがこの間、学生とやったテストを一緒にあなたもやってみませんか。

実は先日、知人の学生数人とひとつ今日はガール・フレンドに手紙を書く練習をしてみようと遊んでみました。まだ恋人ではない、大いに好意を持っているが、とてもまだ手紙を書くだけの勇気のないガール・フレンドがあなたにはいないでしょうか。おられたら、まず深呼吸を四度やって、そのお嬢さんの顔を頭にうかべるのである。既に女房をお持ちの方は仕方がない。隣の家の奥さんの顔でも心の中に想像して頂きたい。不幸にして、隣の奥さんが七十二歳になる梅ボシ婆《ばば》ぁである方は、仕方ない、自由にお知りあいの娘さんのことを考えて頂こう。

あなたはこのガール・フレンドに今から一緒にお茶でも飲もうという誘いの手紙を書いてみるのです。この手紙がひょっとして成功すれば思いがけない好運が舞いこむかもしれない。如何《いかが》でしょう。

ではなにか、書いてください。時間は十分間で結構です。では学生とやったテストの例を御覧に入れましょう。

□相手の感覚を無視しない

第一番目の学生A君は「拝啓」から書きだしていました。ぼくも昔はそう思いこんでいたのですが、この男もどうやら手紙の最初にはハイケイと書かねばならぬと固定観念をもっていたようです。

「拝啓。春日の候、益々《ますます》、清栄の段、慶賀仕《つかまつ》り候《そうろう》。陳者《のぶれば》、平生は御無沙汰《ごぶさた》ばかり申上げ失礼の段、何卒《なにとぞ》、何卒お許し下され度《た》し御座候。さて今回、悪筆を顧みず書翰《しょかん》をしたためお願い致し度き儀、これ有り候。——即《すなわ》ち、貴嬢来週日曜日、小生と共に喫茶談笑の機会をお与え頂ければ幸甚《こうじん》これに過ぎることなく……」

これはダメ。まことに気の毒でしたが第一番目のA君のこの手紙はダメの標本です。これではまるで移転通知か冠婚葬祭の下手な挨拶状《あいさつじょう》。この学生は法科に学ぶ男だったので勢い、ガール・フレンドに出す手紙も区役所の税金督促状のような手紙になってしまったのかもしれん。しれんがこの税金督促状のような手紙をみて——もし、あなたがうら若いお嬢さんなら、心動かされてお茶につき合うだろうかね。「喫茶談笑の機会」など現代の若いお嬢さんを感動させるどころか「この人脳が弱いんじゃない」と失笑の機会を与え、揚句の果ては紙屑籠《かみくずかご》の中にポイと入れられること必定である。

皆さんのほうは、まさかかかる税金督促状的な手紙を書かれなかったと思いますが、この極端な悪文は次の過《あやま》ちを犯していること、注意して頂きたい。

①　知りもしない候文《そうろうぶん》で書いていること。

候文はよほどの訓練がいります。古語、熟語を知ってこそ書けるというものです。昔の人ならばとも角、我々のように古語、熟語に乏しい世代は絶対といってよいほど、候文のマネはしないことが大事です。

②　相手の感覚を無視していること。

この手紙がもし税務署宛《あて》か、受験する学校の庶務課宛の手紙なら、まだ文章を訂正し、その誤字や滑稽《こっけい》な表現を直すことによって一応の手紙となったかもしれません。しかし、相手は現代の若い女性——すなわちガール・フレンドです。ガール・フレンドに「拝啓」から書き出す感覚がこの手紙の根本欠陥となっているのです。

□すべての文章は書き出しで決まる

では次の学生B君の手紙を見てみましょう。

「K子さん、段々、春もちかづいてまいりますがお変りございませんか。毎日、御忙しいことと思います。小生も健康にて学業にスポーツに励んでいますので御安心ください。

実はお手紙を書きましたのは、もしお暇でしたら次の日曜日午後二時、新宿の二幸*前でお会いしたいと思ったからです。宜《よろ》しくお願い申し上げます。もしお会い頂けるなら御返事くださいませんか。ただ女名前で手紙がくると、下宿のおばさんがウルさいので男名前でください」

このB君の手紙はA君の税金督促状より幾分ましですが、しかしどうもいけません。どこがいけないか、一寸考えてみましょう。

もし、あなたが書く側ではなくて、この手紙をもらうガール・フレンドの側だと仮定してください。そしてこの手紙をもらったとしてみましょう。

まず、始めの書き出しですが、

「K子さん、段々、春もちかづいてまいりますがお変りございませんか。毎日、御忙しいことと思います。小生も健康にて学業にスポーツに励んでいますので御安心ください」

これをもらったガール・フレンドがどんな気持で読むでしょうか。まあ、ザアッと読みくだすだけで、別に何の心の反応も起さないでしょう。おそらく手紙、特有の時候の挨拶としか思わぬ筈《はず》です。もちろんB君も書き出しの文章として形式的にこの数行を書いたのかもしれません。しかし、書く側が形式的に書いたのなら、読む側も形式的に読んでいるにちがいない。第一、「小生も健康にて学業にスポーツに励んでいますので御安心ください」とは何です。

冗談じゃないよ、B君のオッカさんならとも角、彼が勉強しようがスポーツしようが、こちらの知ったことじゃないからね。ガール・フレンドが御安心する筈などないじゃないの。

つまり、手紙に限らず、すべての文章は書き出しできまるものなのに、この書き出しは相手の心にピンともひびかない、ポンとも動かさない。チンプなのです。常識的すぎます。平凡きわまります。効果がありません。

＊二幸（にこう）
昭和三十五年当時、三越が出資していた食料品専門のショッピングセンター。現在は、新宿アルタが建つ。

このB君の手紙で一番生き生きしているのは、小心な彼が下宿のおばさんを怖《おそ》れる余り男名前で手紙をくれという箇所だけであって、午後二時、新宿二幸前に来てほしいという言い方も情があふれていません。若いお嬢さんに「チョット、行ってみようかナ」と思わせる魅力に欠けています。それよりも彼が小心きわまる男であることが、かえってお嬢さんの心に浮ぶでしょう。非常に損な手紙といえます。

□表現の誇張は禁物

第三の手紙、C君の書いたものを開いてみます。

「ジャスミンの花の甘い匂《にお》いがどことなく流れこみ、春の夜はなにか心かなしいもの。ああ、Cちゃん。君は何をしているのでしょうか。ぼくは今、ゲーテの詩集をひろげている。ゲーテといえばその文集の中に、美しき女性に言葉かけて、とがめらるる筈なし、というのがありました。ぼくは今、その言葉を思いだし君に声をかけるのだ……」

これはA君、B君よりは甚《はなは》だマシな手紙です。だが、どうも気障《きざ》ですなあ。読んでいて何か、こちらの背中にジンマシンの起るような気がするね。

それでなくても、この手紙は少しオーバー（行きすぎじゃないか）。これを書いたC君の下宿にはジャスミンの花などなく、あるのは近所の大根畑ぐらいで、花の匂いどころか、コヤシの臭気がプンプン臭《にお》っているのです。C君はゲーテの詩集など愛読したことはなく、本当は読むものといったら剣豪小説か夫婦雑誌なのに「女性に手紙を書く時には」ジャスミンだの、ゲーテなど書かねばいけないと思ったらしいのです。

もちろん、手紙にはある程度の誇張も必要です。しかし、女性にたいする手紙といえば「ジャスミンの花の匂い」だの「ゲーテの詩」などをすぐ使うのは、感覚があまりに通俗的です。今時の若い女性がこの手紙を読んで、（明治、大正の青年の）星菫《せいきん》＊派《は》的な表現をするC君を教養のある詩人的タイプの男と思う筈はないし、もし思ったとしたならその女性はよほど時代遅れの感覚の持主でしょう。普通の女性ならば、この手紙を見て、

＊星菫派（せいきん‐は）
星や菫《すみれ》などに託して恋愛を歌う浪漫詩人の一派。明治後期、雑誌「明星」に拠《よ》った与謝《よさ》野寛《のひろし》・晶子《あきこ》夫妻一派の称。転じて優美で可憐《かれん》な詩風の抒情《じょじょう》詩人を指していう。（広辞《こうじ》苑《えん》）

「気障だわ、オーバーねえ」

たちまちにして、どこか表現にウソがあることを本能的に感づいてしまいます。以上、三つの手紙にはそれぞれの欠点がありました。A君のは、不必要に候文に捕われすぎて、税務署督促状的書簡になり、B君のは、平凡、通俗書簡文の代表です。そしてC君のには表現の誇張が目だち、読むものをして背中にジンマシンを起させる。

□手紙は「読む人の身になって」

だがこの三つに共通した欠点があります。それは、先ほどの、

「〇〇〇の〇になって」

を忘れているのです。

どうです。もう皆さんはこの〇〇〇の〇にいかなる字を入れればよいか、おわかりになったでしょう。言うまでもない、それは、

「読む人の身になって」

ということです。

手紙の書き方は一言でいえば「読む人の身になって」の一言につきます。ぼくが滑稽な例だと知りながら、まずA君の手紙を引用したのは、彼がこの手紙の書き方の第

一原則をすっかり忘れていたからです。彼は自分の手紙を読む人が若いお嬢さんであることを忘れています。若いお嬢さんをお茶に誘うのに「ハイケイ」から始めるところが、そうじゃありませんか。

B君は幾分、この点を知っていますが、しかし「読む人」があのようなチンプな冒頭の文章に惹《ひ》きこまれるか、どうかを考えていません。読む人の心理になりきっていない証拠です。C君の場合も同じこと。相手のお嬢さんがあのような「ジャスミンの匂い」とか「ゲーテの詩集」で、背中にジンマシンを起しそうな気持になるのも忘れて、自分のオーバーな表現に一人で酔いすぎてはいないでしょうか。

手紙を書くには「読む人の身になって」です。

それは自分が今から手紙を書く相手がどんな人か、どういう状態にあるかによってちがってくる。

たとえば試験に落っこった友人に、

「ぼくはどうやらH大に合格した。悦《よろこ》んでくれ。それに比べ、君は無念だったなあ。しかしクヨクヨするな。勇気を出して来年を目標にたちなおってくれ」

と書けば、これがいくら友情あふるる手紙でも、こんな葉書を書く人は手紙の書き方を知らぬ人です。言うまでもなく冒頭がいけない。冒頭に自分の合格を誇示し、それに比べながら相手を慰めても慰めのきくものではない。相手の身になってごらんなさい。

八十歳になる梅干爺《じい》さんに宛てた手紙に、

「ショパンのエチュード、あれをきくと何となく哀《かな》しくなる秋になりました」

と書いたって何の効果もない。梅干爺さんはいくら秋がきても十七、八の若い娘じゃあるまいし、ショパンのエチュードぐらいで亡《な》くなった婆《ばあ》さんのことを思いだす筈はなし。考えることと言ったら「どうもまた冷えてきたから、小便がモレるのが多くてなあ……困るわいな」である。ショパンでなくてシ、ョ、ベ、ンなのです。

だから――

一概に「読む人の身になって」と言ってもそれはその都度、書き方がちがってくるのです。しかし手紙の書き方はと問われたならば、

「読む人の身になって」

この一言につきるのである。

手紙を書く時――一分間だけペンを持って眼をつぶってください。これを送る相手の人の今の顔形を心に思い浮べてください。

病気で長く寝ている友人なら……

まずほら、ベッドが浮びます。ベッドに寝ている彼の蒼白《あおじろ》い顔も浮びます。すると、彼がどんな気持か、どんな話を聞きたがっているか、どんな話や言葉は聞きたがらないか、段々、わかってきたでしょう。彼は退屈しています。夜も病気の不安でねられないのです。そんな彼には慰めにみちた言葉と、思わず心を朗らかにするようなユーモアとが必要だ。

よし、この二つを手紙の中で書いてやろう。これで「何を書くか」はきまらなくても「どう書くか」と大体、浮んできましょう。これだけ浮んだだけで手紙の五割はもうできたようなものです。

休憩　オリジナルな表現を身につける一寸《ちよつと》した遊戯
――手紙への興味をひき起す「ようなゲーム」

□一緒にやりませんか。この遊戯

ここまで読まれた方は一服、煙草《たばこ》に火をつけて下さい。ぼくも筆をおいて煙草をくわえましょう。

愈々《いよいよ》、本題に入る前に、一服しながらぼくと面白い遊戯をやってみませんか。

これは作家になる前、作家になった今日もぼくが電車や、珈琲《コーヒー》店で一人で遊ぶ遊戯です。

便利なことにはこの遊びは相手もいらず、道具もいらず、場所や時間はおかまいなく――しかも次第次第に利益が多くなるというゲームである。

まず、今、あなたは紫煙をくゆらせながら体を少しひねって窓を開けて下さい。窓から何が見えますか。なに？　隣の家のオッさんのふんどしが見えた？　馬鹿《ばか》を言っちゃ、いけない。

もう一度——何が見えますか。ちょうど夕暮である。大きな太陽が屋根の向うに沈んでいく。空は何色を帯びていますか。豆腐屋のラッパの音が聞こえる。路《みち》を一人の中年のおかみさんが通った。その主婦の顔は何に似ていましたか。

ハイ、これで一寸待ち。今、あなたの眼に見えたもの、耳に聞こえたものをここに整理してみましょう。

①夕暮である。大きな太陽が屋根の向うに□のように沈んでいく。
②空は□のような色を帯びている。
③豆腐屋のラッパの音が□のように聞こえる。
④路を一人の□のような顔をした主婦が通った。

さあ、皆さん。窓の外をじっとごらんになりながら、中学校の入学試験の時と同じように□の中に適当な字を入れて頂きたいのです。

なんだ。子供だましみたいなことをさせやがってとお怒りになる方よ。豆腐の角に頭をぶつけてしまえ。

□「ようなゲーム」のむつかしいルール

この問題はそう容易《やさ》しくはありませんぞ。なぜなら一つの条件があるからです。その条件とは所謂《いわゆる》慣用語になっているような形容（名詞）をここでは絶対に使わないで頂きたいからです。たとえば「夜の空に星は宝石をちりばめたようにきらめいていた」という言葉がありますが、この宝石をちりばめたというような文句は、もう誰もが使っている。そして慣用になっている形容です。また、

爺《じい》さんの頭は□のように光っていた。

中学生なら、この□の中に薬罐《やかん》という誰もが使う言葉を入れて、

爺さんの頭は［薬罐］のように光っていた。

こう書くでしょう。しかしこのゲームではこういう慣用句は決して使ってはならぬ

のがルールなのである。それだからといって、

爺さんの頭はダイヤのように光っていた。

これでは、よくよく特殊の場合を除いて、よい形容とはいえません。ダイヤはダイヤでも黒ダイヤこと、石炭のように黒びかりに光っていたのならまだ話はわかりますが、爺さんの頭とダイヤとの映像とがどんな人の眼から見ても、余りにかけ離れているからです。

そこでこのゲームのルールは、

（一）普通、誰にも使われている慣用句は使用せず

（二）しかもその名詞にピタリとくるような言葉を

探してみて下さいというわけです。如何《いかが》でしょう。一見、中学校の入学試験に似てなかなかむつかしいことが、おわかりになったと思います。

早い話、一番目の①の問題でさえも、

夕暮である。大きな太陽が屋根の向うに□のように沈んでいく。

普通ならば□の中に、たとえば「燃える火の玉のように」などと言うような誰でも使う言葉を入れるものです。

だが、それはダメ。

□自分でキャッチした、オリジナルな言葉を

皆さん。よく考えて下さい。窓をもう一度あけて、沈んでいく太陽をじっと見て下さい。燃える火の玉などという形容詞は手アカでよごれた表現です。

まず季節をよく考えて。今は春ですか。夏ですか。それとも冬ですか。春と冬とでは沈む太陽の印象も随分ちがってくるものです。それを年がら年中、春であろうが夏であろうが冬であろうが、「燃える火の玉」としか感じないのは、どうかしているでしょう。

春の夕暮ならば、どう見えるでしょう。勿論《もちろん》それは皆さんの一人一人によってちがうでしょう。一人一人の眼、一人一人の印象、一人一人の追憶によってちがうでしょ

う。

　一人一人によって違う。それで結構なのです。それでこそその形容詞は個性的でありオリジナルなのです。その、自分で、キャッチした、オリジナルな言葉を、ほら、□の中に、入れて下さい。頭のところまでその言葉が来かかっているんだが、なかなか思い出せないですか。もう一寸のガンバリですぞ。ガンバッて。ガンバッて。

　ではこれは解答にはならないかもしれませんが（なぜなら今も申しあげたようにその答えはあなたたち一人一人の眼、個性によって違うのですから）、いわゆる作家とよばれる人たちがどういう言葉を□の中に入れているか、お知らせしましょう。

　たとえば、皆さんよく御存知の＊獅子《しし》文六《ぶんろく》氏は『てんやわんや』＊の中で四季のある平和な町の風物詩を描きながら、その春の黄昏《たそがれ》の夕陽が、

「大きな熟《う》れた杏《あんず》のように」

＊獅子文六（しし・ぶんろく　一八九三〜一九六九）
劇作家・小説家。本名、岩田豊雄《とよお》。横浜生れ。渡仏ののち、ユーモア小説を発表。作「てんやわんや」「自由学校」「娘と私」など。文化勲章。（広辞苑《こうじえん》）

＊「てんやわんや」
獅子文六の新聞小説（一九四八年十一月〜一九四九年四月）。

沈んでいくと書いています。こんな言葉を読むと、我々は「ああ、こういう表現があったのか、実にピタリだなあ」思わず膝《ひざ》をうつではありませんか。

また、＊阿部《あべ》知二《ともじ》氏も、同じような春の夕暮の太陽を、

「赤くうるんだ硝子球《ガラスだま》のように」

沈んでいくと書いている。これも抒情《じょじょう》的な、我々に幼年の頃を追憶させるいい形容詞でしょう。

これらの言葉は両者とも人々の手アカによごれない新鮮な、そして獅子、阿部両氏の独創的な形容詞だといえます。決して一般的な解答になりませんが、如何でしょう。皆さんが御自分で挿入なさったものと比較してごらんなさい。

こんなゲームをなぜ、ぼくが皆さんにお奨《すす》めするのか。

それはぼくがこれをこの八年ぐらい前から路で、バスで、一人で自分の部屋の窓に腰かけてやってきたゲームだからです。

実はぼくは作家になりたての頃（八年前のことです）、自分ながら文章の下手な男でありました。友人や先輩や批評家からもこの点はいつも指摘されていましたので、これではいかぬ。朝から晩まで文章のことを勉強しようと考えたわけです。そこでその初歩的訓練としてこのゲームを自分で考案し、自分でためしてみたのです。

電車に乗る、今まではブンラリ、ブンラリ吊革《つりかわ》にぶらさがって女のことでも考えていたのですが、その日からはそうはいかない。乗っている乗客の顔を一つ一つ眺めながら、

この顔は□のような顔である。

□のようなお爺さんが坐《すわ》っている。

何から何までこの、「ようなゲーム」に換言して懸命に頭をひねらねばならぬのであるから退屈する筈《はず》がない。こうして遊びながら形容詞の勉強をしたものでした。もちろん皆さんは昔のぼくのように別に作家になられるわけではないでしょうから、朝から晩までこんなマネをされなくてもよい。しかし一日に十分、なあに学校や会社の帰りの電車や汽車の中で試みてごらんなさい。すると、妙なもので――

一月たつと、あなたは、

①本の読み方が少し違ってくる

＊阿部知二（あべ・ともじ　一九〇三〜一九七三）

小説家。岡山県生れ。東大卒。知的な手法と自由主義的な態度で「冬の宿」「風雪」などに昭和十年代の知識人の実態を描く。ほかに「黒い影」など。（広辞苑）

②手紙や日記を書きたくなってくる

この二つの変化がふしぎにあらわれはじめるから妙なのです。

まず本の読み方が違ってくる。今まではペラペラ、スラスラなんの気もなく読みすごしていた小説も、自分が□「ようなゲーム」をやる身であるから、プロの作家たちがどういう形容詞を使っているか、今までになく関心がでてくる。一句、一語、「なるほど」「これはうまい」「なんだ」「プロにしては下手だ」あれこれ色々な感想が起ってきて小説の頁《ページ》をめくるうちに、この修飾語の表現を沢山学びとることができるのです。

次に、ようし、俺が今日、会社の帰りに電車で考えついた□の名形容詞、名修飾語をそのまま忘れてしまうのはもったいない、そういう気になってくる。

そこであなたは正月にかつて一週間ほどつけたまま戸棚の中にポイと捨てておいた日記帳をとりだし、今日、あなたが懸命にヒネリだした名形容詞を使ってその日の出来ごとを書く気になるかもしれない。

いやそこまでは行かなくても、少なくとも、この□の「ようなゲーム」の苦心は積り積って、あなたが、何かものを書く場合――

さよう、たとえば手紙を友人にしたためる時に思いがけなく役にたつものなのです。

手紙にたいする興味をあなたにひき起す点でもその目に見えぬ効果があるものです。
是非、このゲームをやってごらんなさい。

第三講　真心を伝える書き出しの一寸《ちよつと》したこと
——真心を伝えるコツは「相手の身になって」

□真心は通じない場合も、誤解される場合もある

ここらで休憩時間も一本の煙草《たばこ》をくゆらすのも終ったようですから、ふたたび本文に戻りましょう。

さて、ぼくは手紙の書き方の根本原則は、「相手の身になって」であると申しました。

勿論《もちろん》、この言い方は別の言葉でも表現できるでしょう。たとえばある良識者の書いた本を見ます。手紙は「真心あふるる」ものが一番よいと言っています。ぼくとてもこの人の意見に決して不賛成なわけではありません。

けれども皆さんもよく御存知のように、我々の対人関係ではこちらが真心をもって

も時としては相手にそれが通じない場合があります。いや通じないどころか、真心が誤解される場合だってあるのです。

　手紙の場合もそれと同じです。真情や真心がいくらみなぎっていても、人によってそれを表現するのがウマい人と下手な人とがあります。真心　〇〇%も表現力が五〇%では相手に五〇%しか通じないかも知れません。その場合、その手紙はやはり五〇%の手紙です。

　ところがこの手紙の表現力とは一朝一夕ではなかなか学べるものではない。一朝一夕で学べるぐらいなら、我々作家は毎日、毎日そんなに苦労をしないですんだでしょう。

「じゃ、一体、どうしてくれるんだ。俺だって高い金？を出してこの本を買ったんだぞ」

　そう言われる方もあるかも知れません。まあ待って下さい。そういう一時間でタンゴもワルツもブルースも憶《おぼ》えようと短気な読者の方よ、よろしい、この表現力のコツをただちに会得《えとく》する方法があります。それが「相手の身になって」という方法なのです。

　けれどもこの方法も今日、明日にすぐに身につくというわけではありません。手紙を少しずつ書いてたえずこの手紙が「相手の身になって」みれば、「受けとる側の身になって」みれば、どういう印象、どういう感想をもつかを考えているうちに少しずつ自分のものになると言えます。これは残酷なような言い方ですが、本当です。

□最初のガール・フレンドに手紙をどう書くか

だが、こんな言葉にあまりガッカリしなさんな。ガッカリせずに早速、この「相手の身になって」「受けとる側の身になって」の練習をやってみましょう。

今日の課題は「君は最初のガール・フレンドに手紙をどう書くか」です。

まず状況を設定してみましょう。

あなたは失礼ですけれど、体は大変、大きいが、ハニカミ屋で心臓が弱く、とてもガール・フレンドに思いを打ちあけられぬような青年だと仮定してみます。

あなたは会社のS子さんが好きです。S子さんは会社のタイピストですが、彼女とは会社の昼休み、屋上で、すれ違いに一寸声をかけてはニッコリ微笑する程度の親しさはあるのです。もちろん、時々はお互いにカラかったり、軽い冗談もとばしあったりします。しかし彼女があなたをどの程度、好きなのかはあなたにはまだよくキャッチされていません。

そして――

あなたは出来れば今後このＳ子さんの心をつかまえ、彼女に恋人になってもらいたいのです。まずその手始めとして、彼女を映画に誘う手紙を書こうと考えたのです。なぜならあなたは先ほども規定しましたように「至ってハニカミ屋さんで気の弱い」青年だからです。とてもまともに口で誘う勇気はないからです。万一、同僚にひやかされたりすれば折角の志もオジャンになる怖《おそ》れさえ、あるからです。

さあ、こういう状況であなたはどういう手紙を書くでしょうか。どんな手紙をしたためればよいのでしょうか。

□ありきたりの言葉で大事な愛情を表現しないで

これが課題です。もっとも、(話が少し横にそれますが) 近ごろのような世の中では恋を打ちあけるのにはラブ・レターを利用するのは決して上策とはいえません。ラブ・レターを渡す男を一般の女性はなんだか「イヤらしい」と思っていますし、それに第一、正々堂々、自分の心を口でも言えず、そっと手紙で渡す男性なんて平安時代の女ならともかく、今の若い女性から見ると、

「まあ、気の小さい人ネッ」

それだけでヒジ鉄をくわされる怖れがあるので、できうれば諸君、恋人をしとめんと欲するなら手紙よりも直接談判をして下さい。

けれどもそうきめてしまえば、この「状況」は成立しないので、ひとつ、あなたも「至って気の弱い男」つまり昔の小生のような男性になったつもりでこの課題を試みて下さい。

一寸、待って。どうしてまた「模範書簡文集」とか「手紙の文例」などという本を参考にしようとするのです。こういう行為は自分と他人と同じ下着を共有して平気であるというダラシナイ心のあらわれです。もしあなたが友だちのサルマタをかりて平気でない男なら、こういう「田中君にも木村君にも酒井君にも」適合できるような、ありきたりの言葉で大事な愛情を表現しないで下さい。始めはどんなに下手クソでも自分だけの文章で恋文を書いてこそ、それが本当の恋文というものです。

さて、頭をひねって「読む人の身になって」――つまりこの手紙を明日か、明後日開く「S子さんの身になって」筆を進めて下さい。

出来あがりましたか。それでは拝見させて頂きましょう。

「S子さん。

突然、このような手紙をあげて失礼だと思わないで下さい。お思いになったのならば心からおわびします。

実は会社でお渡ししようと思っていたのですが、多忙で機会がなかったので、S劇場で今やっている映画『濡《ぬ》れ髭、権八《ごんぱち》』の切付を同封いたします。次の日曜日ぼくも暇なのでもしおよろしければ一猪に行って頂けませんでしょうか」（原文ママ）

よろしい。ストップ。
一、まず、誤字を訂正します。キップは切付ではなく切符、イッショは一猪（これでは一匹のイノシシじゃないか）ではなく一緒、更に「濡れ髭、権八」ではなく「濡れ髪、権八」のつもりじゃないのですか。濡れヒゲと濡れガミではその色気が大分ちがいます。
女の子に手紙を出す時はつまらん誤字をしないこと。字引を見て、少しでもわからぬ字は調べること。なぜなら女の子とは概して同年輩の男性をすぐに軽蔑《けいべつ》してかかろうという癖があるので、もしあなたがヌレ髭ゴンパチなどと書けば、

「まあ、教養のない人ねぇ」

たちまち笑いものにしないとも限らんですからな。
二、誤字を訂正しましたが、もう一度、この手紙をよく読んで下さい。
冒頭の「突然、このような手紙をあげて失礼だと思わないで下さい」の一句です。

この句を絶対に書かない方がよいとは、申しません。申しませんが、どちらかと言えば、書かないでおくのがいいのではないか。

なぜでしょう。その理由は二つあります。一つはこうした言葉は未知の人やまだ、それほど親しくない人にあてた手紙の冒頭にほとんどと言ってよいほど使われるからです。

ぼくのような仕事の人間にはみしらぬ人からの手紙がよく送られてきます。その中にはぼくの小説を読んで感想を述べて下さる方もあれば、あるいは身の上の相談をする人もいます。就職の世話をしてくれと要求する手紙も舞いこんできますし、もっと面白いものを書けとシッタして下さる読者もあります。

ところがその手紙の約、六〇%というのが、面白いことには、この「突然、お手紙さしあげる失礼をお許し下さい」で冒頭が始まっている。勿論、この言葉通りではありませんが、同じような種類の句で書き出していることが多い。

ということは、この言葉は未知の人や余りよく知らぬ人にあてる手紙に誰もが使い、習慣になってしまった句だということができます。習慣になった句ですから、もう新鮮味がない。極端な言い方をすれば手アカによごれているのである。

新鮮味のない手アカでよごれた句は読む側になんの感興も、感動も起さぬことは事実です。早い話、ぼくはこういう手紙を開くとき冒頭の一、二行はたいてい飛ばして読んでいます。書いて下さった方には大変失礼ですが、日本人の手紙の最初の一、二行ほど形式的なものはないからです。それはおおむね時候の挨拶《あいさつ》にあらずんば、「突然、お手紙さしあげる失礼をお許し下さい」の冒頭で始まるのである。

だから絶対に書かない方がよいとまでは申しませんが、同じ労力を使うなら、S子さんの好奇心や関心をもっと新鮮な形でキャッチする言葉で書き出したらどうでしょう。

第二にこの言葉を「書かない方がいい」のは、若い娘のデリケートな心を少し無視しているようだからです。若い娘はあれでなかなか自尊心と警戒心がつよいので、このように「突然、お手紙さしあげる失礼をお許し下さい」と急に改まってマジメに言われると、かえって心をカチンと武装するものです。

その上、おおむねのツケ文《ぶみ》というものは「突然、お手紙さしあげる失礼をお許し下さい」で始まります。彼女たちは高校生のころから、この種のツケ文の冒頭の言葉を、自分がもらわなかったとしても、同じ女の友だちから話をきいて知っている筈《はず》です。知っている以上、あなたが同じ言葉を使ってきただけで、もうその手紙の効力は五〇%減ったことになるでしょう。

いずれにしろ、この書き出しは下手だとは申しませんが、また、決して上手だとは言えない。どうです。おわかりでしょうか。

次に冒頭の句はさておいて、この手紙はやはり「読む者の身になって」を少し忘れているようです。それは「切符を同封しますから、映画につきあってほしい」という意味を述べた主文です。

まあ、あなたが、この手紙を「読む側」のS子さんだったと仮定して下さい。いいですか、若い娘なんですよ、S子さんは。

その若い娘が、たとえ会社の同僚であれ、昨日まで特に交際したことのない青年から突然「映画につきあってくれ」という手紙をそっともらった場合、嬉《うれ》しいと思うか、あるいはイヤらしいと思うかのどちらかでしょう。もっとも彼女は現代のお嬢さんですから、映画をつきあうぐらい何でもないと考えるかもしれません。

しかし、相手がこの三つの心理のうちどういう反応をしめすかはこちらにはわからない、わからない以上、慎重に慎重を重ねたほうが賢明でしょう。そのような時には相手の警戒心をできるだけ、ときほぐすことが肝要じゃありませんか。

第一回目の手紙では、ぶっつけ本番で相手に一対一の交際を求めるよりは、まず彼女を気楽な気持にしてあげるのが、礼儀でもあり要領でもある。

あせらずに、ひとつ奮発してもう一枚の切符を同封すべきです。そしてS子さんの同僚のM江さんと御一緒にいらっしゃいませんか、と誘った方がよいのです。女性というものはもう一人の同性と一緒に、ボーイ・フレンドとつきあう時は、なんとなく安心した気持をもつことは、小生などが今更、申しあげなくても、あなたの方がよく御存知でしょう。のみならず、二人の女性が一緒に一人の男と遊びにいく時は、彼女たちはおのずと、無意識のうちに競争するくせが無きにしもあらずなので、二枚の切符を張りこんだことは結局、損にはならぬのです。

最後に、これは蛇足ですが、誘う映画を、「濡れ髪、権八」にしたのはあんまり面白くない。「濡れ髪、権八」でいけないというわけじゃありませんが、相手が若い女性ですから、自分の趣味と彼女の趣味などを考えて、できれば外国の西部劇映画にしておいた方が得策でしょう。

以上、申しあげたことを、今一度、整理してみますと、

（一）冒頭の文章が新鮮味がなさすぎる
（二）本文の内容が「読む者の」心理に無頓着《むとんちゃく》である

こういうことになるようです。

そこで、この（一）と（二）とを考えながら、もう一度、手紙を書いてもらうことにしました。

「ぼくが手紙をあげたのでビックリしたでしょう。本当は直接お話しすればよかったのですが、なんだか照れくさいのと、あなたがまぶしいので、思いきってやっぱり手紙にしました。実は今、H劇場でやっている『サマラの決闘』、随分、面白そうなので切符を二枚同封しておきます。あなたの親友である労務課のY子さんと御一緒に次の日曜日にいらっしゃいませんか。ぼくもお差支えなければ御一緒に行かせて頂きます。もし承知してくださるなら、キンキジャクヤク（欣喜雀躍：編集部注）ですが、その時は明後日会社の昼休みに何か本を手にもって会社の屋上に出てください。もちろんもし本をもっていられなければ御都合がわるいのだと諦《あきら》めます。しかしなにとぞ、なにとぞ、御本をたずさえられんことを……」

この手紙は必ずしも最良だとは言いませんが、最初の手紙と比べてみると遥《はる》かにベターであると思われます。まず冒頭が、単刀直入で形式的ではなく、紋切型の文句を使わずに、かえって嫌味のないことは皆さんも同感されると思います。

第二に「なんだか照れくさいのと、あなたがまぶしいので」次の表現もきいています。なぜならどんな女性でも男性に手紙の中でほめられてイヤな感じを受ける筈がない。イヤな感じを受ける筈はないが、余りその表現がオーバーになると、かえって効果がないものです。

たとえばこの「あなたがまぶしいので」の一句を「あなたが社内一の美しい方なので」に変えてごらんなさい。悪いとは言いませんが、もうこれでなにかキザな歯のうくようなお世辞になります。「照れくさい」「まぶしい」この二つでいかにも恥しがりやの男性の感情を率直にあらわして、読む側の心に悪い気持を起させません。

それから後の「承諾ならば」本を持って屋上に出てくれという提案も満更わるくはないようです。こうした一種、他の同僚にはわからぬ小さな秘密は若い女性の悦《よろこ》ぶものだからです。のみならずこの方法だと、たとえ断られても、それほど恥しい感情を受けないですむでしょう。

以上、第一の手紙に比べて第二の手紙が読むものの心理を十分、考慮しながら書かれたものであることは、もう皆さんもおわかりになったでしょう。

第四講　返事を書く時に大切な一寸《ちよつと》したこと

――良い返事は「読む人の心」を考えながら表現するもの

□承諾にも複雑微妙な心理がある

練習を更に続けましょう。今度はS子さんの立場にたって、前講のような誘いの手紙をもらった場合の返事を書いてみましょう。

会社の同僚、もしくはボーイ・フレンドから、思いがけなくも手紙をもらった。承諾するか、断るか、どちらかの返事を出さねばなりません。

まず、承諾する場合――これも色々な心理があるでしょう。彼を平生《へいぜい》から好ましい青年と思っていた。だから手紙をもらって胸がドキドキする。あるいは、彼のことは全く無関心ではあるが、切符を送ってくれたのであるから行かねば損という承諾。あるいは折角の好意を無にしては気の毒という優しい配慮からでた承諾。

同じ承諾の返事でもこのようにさまざまな心理から成立しているのですから、これを見ても「模範書簡文」などを開いて、「デート承諾の手紙」の項をそのまま丸写しにすべきではないことがよくおわかりになると思います。

そこで、この自分の心理を的確に相手に伝えるためには「読む人の身」になることが、またしても必要なのです。自分が如何《いか》に何かを主張したつもりでも、読んでくれる人がそれを理解してくれなければ何にもならないからです。

さて、そこで、今度の練習では、次のような心理、

「彼が折角の好意で切符を送ってくれたからそれを無にしては気の毒なので承諾はするが……そのために彼が変なふうに気をまわしたり、自分が彼に恋している人だと思わせないようにしたい」

以上のような、複雑にして、微妙なる女心を表現する手紙を、皆さん、ひとつ書いてみて下さい。例によって時間は十分。いや、今度の課題は少しムツかしいので二十分さしあげておきましょう。

□時には歯にきぬきせず、時にはオブラートに包んでできました。

はい結構、早速二つほど拝見させて頂きましょう。

一、「お手紙と切符二枚、本当に本当に有難うございました。男の方から今まで手紙をもらったことがないので一寸複雑な気持でした。日曜はちょうど、他に用事もあったのですがあなたの御好意を無にするといけないから、Y子さんをお誘いして行かせて頂きます。でも今後は、こんなことはしないでね。家の父母は大変やかましくて男の人から手紙をもらうとそれはウルさいのよ……」

二、「拝復　切符とお手紙、頂きましてありがとうございました。でもこんなことをして頂く義理はないのでびっくりしました。Y子さんには相談してみて、Y子さんが行くといったら伺いますので、その節、またお礼申し上げます。しかしこんなことを二度となさらないようにお願い致します。まずは御礼まで」

一と二とを比べてみて、もう皆さんは二の手紙の欠点は申しあげないでもおわかりでしょう。いかに「今度だけは承諾するが、彼を自惚《うぬぼ》れさせたくはない」主旨の手紙だとはいえ、二の文例はあまりにブッキラボウすぎます。なるほど、こちらの言いたいことは言っている。その意味で論旨明快?な手紙だと言えないことはありませんが、論旨明快だけが手紙の書き方の真髄ならば官庁の公文書が一番模範的な文例になるでしょう。

だが手紙の書き方の真髄は論旨明快だけでいいと言うものではない。

それをどのように「読む人の心」を考えながら表現するかにあるのです。時には歯にきぬきせず表現することもありましょう。時にはオブラートにやわらかく包んで述べることもありましょう。

だがこの歯にきぬきせぬかオブラートに包むかはその手紙を読む人の心を考えながら、各自がきめねばならない。これはくどいようですが、繰りかえして頭に叩《たた》きこんでおかねばならぬことのようです。

二の手紙の欠点は論旨明快すぎて、相手にたいするやさしさがない点です。相手はとも角自分に好意をもち、一枚二百円の切符を二枚も送ってくれた男性ですから、いかにあなたが女性だとはいえ、彼にたいして「こんなことをして頂く義理はないので」というような言葉遣いをすれば、相手をムッとさせるにちがいない。ましてこの差出人は同じ職場での友人なのですから、こんな表現のため、彼と気まずくなってもつまりません。

そこでこの二の手紙はもう少し表現をオブラートに包んで、上手に、うまく、軽く断るようにすべきではないでしょうか。

今度は一の手紙です。一の手紙の欠点はどこにあるのでしょう。そうです、これも申しあげる必要もないのですが、この手紙は二の手紙とは全く反対に、相手を傷つけまいとするあまり、表現がオーバーになりすぎていて、伝えるべき論旨が相手に伝わらないおそれがあるようです。いやむしろ誤解さえまねく傾向もあるのです。

なぜなら、この手紙をもらった彼は、S子さんがひょっとすると自分のことを好きなんじゃないかと誤解するでしょう。

それはどうしてかと申しますと、まず、「本当に、本当に有難うございました」と本当にという副詞を二回も重ねたり、「複雑な気持」とか、あるいは「こんなことはしないでね」というような狎々《なれなれ》しい言葉遣いをしていることによります。

男とはえてして自惚れのつよいものでありますから、女性が手紙の中でたんなる親愛の情を示し、同性にたいしてはごく当り前の表現を使っても、それを思いがけなく重大に考えたり感じたりする場合もあるのです。「本当に本当に有難う」という本当にという副詞を二回重ねるオーバーな表現は、女学生たちの間では当り前ですが、異性にあてた手紙にこの習慣を使うと、時々とんでもない誤解を生じる場合もあるのです。「……してね」とか「……なのよ」という言い方も兄弟、恋人でなければできるだけ慎んだほうが安全なようです。

□「あたし」を「あたしたち」にするだけで……

そこで、こういうことになります。この返事は、二のようにブッキラボウであってもいけないし、一のように相手を自惚れさすようなオーバーな表現でもいけない。ちょうど、この一と二との中間のあたり、たとえば、

「急にお手紙と切符二枚をいただいたので本当のところ、ビックリいたしました。折角の御好意ですからY子さんをお誘いして悦《よろこ》んで伺わせて頂きますわ。あたしたち会社の女性軍のためにこんなに心をかけて下さって御礼申しあげます。でもお互い、心おきない職場の同僚ですから今後はこんな無駄使いおよしくださいませね。では明日会社でおめにかかった時改めてお礼申しあげるとして……」

このくらいの筆づかいが良いのです。なぜなら皆さん、よく注意して下さい。この手紙の中では「あたしたち会社の女性軍のためにこんなに心をかけて下さって」というふうに、彼の好意を「女性軍」とか「あたしたち」という複数人称に転じてしまっているでしょう。これはうまいとぼけ方、逃げ方なのです。なぜなら、この手紙を書いた女性は、彼の好意が「あたし」にたいしてよりは、会社の女性である「あたしたち」に向けられているようにトボけているからです。

この手紙ならばブッキラボウでもなく、またオーバーでもなく、ちょうど適当な内容だと皆さんもお思いになりませんか。それも、たった人称代名詞「あたし」を「あたしたち」に変えただけで成功しているのですから、手紙の書き方とは実に微妙でもあり、実に面白いものでもあるか、おわかりになったでしょう。

ここまで読まれて疲れましたか。では疲れた頭をなおすため、今、述べたことを次に整理してみます。

（一）冒頭の文はできるだけ、「模範書簡文集」などにでているような形式的慣用句を使わぬこと（例、うっとうしい梅雨の季節になりましたが皆々さま、お変りございませんか等）。

（二）一語一句に相手がこの言葉、この句をどういう心理反応で読むか、考えながら書くこと。それには相手の性格、趣味などを手紙を書いている間だけ眼に浮べて書くほうが望ましい。

（三）自分の言いたいことをブッキラボウに書いた手紙は必ずしも良い手紙とは限らない。

まあ、この章では大体、以上の三つを頭に入れておいて頂けば結構だと思います。とも角この三つは、こう読んでみると何だかムツかしい面倒くさいことのようですが十五回も練習すれば、段々要領を憶《おぼ》えるものですから、そんなに心配なさらなくてもいいのです。

第五講　病人への手紙で大切な一寸《ちょっと》したこと

――病人宛《あて》の手紙は、相手を十分思いやって

□形式的では、たんなる義理と受け取られる

今まで皆さんと考えてきた前講の三原則――これをひとつ頭にのみこんで頂いて、今日はひとつ、知人や友人のなかから病床に伏せておられる人に手紙を書く練習をして下さい。

もちろん皆さんはぼくがなぜ、この「病人に送る手紙」という課題を選んだのか早速わかってくださったかと思います。

言うまでもない、それは病人宛の手紙とは書く側が相手を思いやらねばならぬという点で、手紙の書き方の第一原則「読む人の身になって」を会得《えとく》する最もよい方法だからです。

では、クドクドした話はやめて早速、皆さんと次の手紙を見てみましょう。

一、「青葉が眼に爽《さわ》やかな季節となりました。承れば貴君は健康を損われ、病床に伏されている由《よし》、同情にたえません。人間なによりも体が大切なので、貴君も養生に専心され一日も早く恢復《かいふく》されることを祈っています。一方おかげさまで小生は至って元気ですから御安心ください。

いずれまた、暇をみておたずねしますが、それまでには貴君の健康がもと通りになられることを切に期待してやみません。敬具。太田《おおた》生」

二、「天高く馬こえる秋がまいりました。その秋にそむいて章太郎さんは脊椎《せきつい》カリエスを再発、御療養中と叔母さまからきき、早速、お見舞状さしあげる次第でございます。入院生活はさぞお苦しいかと思いますが一日も早く、元どおりの体になられ、叔母さまを御安心させてあげて下さいませ。母もくれぐれも御大切にと申しております。では……信子《のぶこ》」

この二つの手紙は普通、誰でもが、すぐ書きそうな手紙であります。一見、平凡な、さし障《さわ》りのない、まあ百点とまではいかなくても中程度の手紙のように見えます。

けれどもあなたたち――ここまでお読み下さった皆さんは、これら手紙の欠点がすぐ、おわかりになったと思います。今更ぼくが説明する必要もないくらいにピンと感じられたことでしょう。

皆さんはもう、きっとこう指摘なさることができるでしょう。

「冒頭の句が形式的だ。月並みだ」

「それに文章の内容も至って形式的で、情がこもっていない。まるで印刷で刷った手紙のようだ」

御名答!!

その通りです。それがもう一目で感じられるようになっただけでも、あなたは手紙の書き方の重要な第一歩を狂いなく会得されたのです。この本をお買いになり、ぼくの長広舌を聞いて下さった甲斐《かい》があったのです。

あなたたちがみごとに看破されたようにこの手紙の最大の欠点は、その書き方、その内容のことごとくが義務的で、「読む人の身になって」いない点にあります。

あなたが病気をした時のことを考えて下さい。色々な見舞客がいたでしょう。本当に心から心配してきてくれた友人。それはたとえ手ブラで来てくれても、地卵を五つもってきてくれただけでも、あなたの心を悦《よろこ》ばせてくれます。

ところがただ義理で、おつきあいでやってくる見舞客もいます。そんなお客はたとえ大きな花束をかかえてきてくれても、その言動がどこか形式的です。

もちろん後者の見舞だって、来てくれないよりは病人にとって有難いかもしれませんが、しかし心のどこかに寂しさは残るでしょう。

さて、前に挙げた二つの手紙は一見、中庸で、さし障りがないように見えながら、実は義理のお見舞客によく似ている。理由は、これら二通の手紙のほとんどすべての句が紋切型で月並みであることでおわかりでしょう。つまりこの差出人は病人のところに行く時に、なにか見舞をもっていかねばならぬと考えて、盆に親類からもらったカステラの箱をそのまま、たずさえて出かけるような「句」を使っているのです。

□知らせる相手の立場を一寸思いやって

では、今度は別の手紙を見てみましょう。

「病気だってね。驚いている、早くよくなってくれたまえ。俺は一週間前からこのS海岸にきているが、空は碧《あお》く海は碧く、毎朝毎夕水泳を楽しんでいる。波のなかでひろびろとした空を仰ぐと心が晴々する。中島勝夫《かつお》」

これは一枚の絵葉書をそのまま写したものです。裏面にはこの差出人である中島君が今いる海岸の風景が絵葉書になっていました。

この葉書はもちろん、今までの常識からいうと悪くはありません。悪くはありませんが、この本を今までお読みになった皆さんは、もうその大きな一つの欠点にお気づきになったと思います。

健康な者にとっては何でもない言葉も、神経のとがった病人の前で言うと、思いがけなく相手の心を傷つける――傷つけないまでも寂しい思いをさせることがよくあるものです。

身体麻痺《まひ》で寝ている病人の前で健康人が自分の体の丈夫なことを自慢したり、戸外でスポーツをしたり、ハイキングに出かけたりする楽しさをしゃべり続けてごらんなさい。もちろん、ある程度は病人にとって気持の転換にも慰めにもなるでしょう。しかしそれも神経質な病人には「ああ、自分はそんなハイキングもできないんだな」とある寂しさを起させるでしょう。時とすると、無神経にそんな話を自分の前でする彼を恨むかもしれません。

この中島君の絵葉書はそんな意味で「病人にたいする」見舞状としてはやや無神経なところがあります。もちろん彼は病気ではないので「碧い空、碧い海」のことや、自分が毎日海を泳いでどんなに楽しいかを友人に知らせてやりたいと思ったのは当然でしょうが、知らせてやる相手が今、どういう立場にいるかを一寸でも思いやってみたらよかったのです。ただ、この冒頭、「病気だってね。驚いている」の書き出しはよろしかったのですが……。

もう一つ、別の見舞状を見てみましょう。今度は女性の方のものです。

「お産で御入院、もうすぐお母さまになられる由、本当にお目でとうございます。初めての赤ちゃんなので、御主人さま始め、お父上様、お母上様、皆さま、如何《いか》ばかりお悦びかと存じますが、くれぐれも御体をお大切にしてくださいませ。Sさんも先々月、御入院なさったのですが、帝王切開の上、産後がおわるく、大分、お苦しみになったので、あなたにはそんなことのないように祈っております。

……谷田泰子」

この手紙の後半が、先ほどの手紙と同じように、お産をする友の神経をいらだたせることを差出人はまったく気がついていない。おそらく善意で――つまり、Sさんのような気の毒なことがないようにという希望の意味でこの手紙を書いたのだと思います。善意なだけに、また無意識なだけに、この差出人谷田さんはSさんの帝王切開を書くことによって、同じお産を待っている友だちを不安な気持にさせることに一向気がついていない。この点やはり先ほどの中島君の手紙と同じ欠点をもっているといえましょう。

以上をお読みになった皆さんはこれで「病人に送る手紙」の幾つかの要領に気がつかれたことでしょう。その幾つかの要領を例によって整理してみますと、次のようになるようです。

□見舞状には三つのコツがある

（一）月並みな、形式的な見舞の言葉を並べたてるな

たとえば「同情に耐えません」「早く恢復されることを祈っています」「元通りの体になられるよう希望します」「ではお大事に」などという文句はほとんどすべての病

人が聞きなれている言葉です。聞きなれているこんな見舞の文句を並べたてれば、一や二の手紙のように一応、見舞状の形式はとるかもしれませんが、それは病人の寂しい気持を本当に打ちはしません。「お大事に」と義理でこられた客に言われて、その言葉にどれくらいの心情をおしはかるかは病人の自由だと言えばそれまででしょうが、少しオーバーでも病床にある人の心を打つ表現はこの際ゆるされるようです。

では、どうすればいいのか。それは別にムツかしいことではありません。

表現を具体的にすればよいのです。

具体的とはどういうことか。極めて簡単です。

「元通りの体になられるよう希望する」こんな、誰にでも通用する言葉の代りに、

「君のピチピチした顔を一日も早く見たいものだ」

これで結構なのです。相手がたとえば果物の大好きな人なら、

「治ったら、君の大好きな葡萄《ぶどう》をイヤというほど、たべに行こうぜ」

これだけで病人の見舞の文句としては新鮮な表現になると思いませんか。

(二) 病人をヒガますようなことはあまり手紙の中で述べぬがいい

中島君の手紙の欠点です。もちろん、これは書き方によって逆効果もあるので、非常に親しい友人であり、その病気が大したものでないような場合ならば思いがけぬ笑いを誘うこともあるでしょう。たとえばそれはこういう書き方です。

「胃を悪くして寝たんだって。丈夫なお前さんが病気になるなんて、鬼のカクランだと仲間の間ではもっぱらの噂《うわさ》である。仲間といえば、この間、例の会で(欠席は君だけだ)Sの持ってきた広島の酔心という酒を賞味した。うまかったぜ。羨《うらや》ましいだろう。羨ましければ一日も早く良くなることだ。全快祝にはお前さんと酔心をくもうと、みんなで約束してある」

こういう書き方をしますと文面に温かい友情が溢《あふ》れ、たとえこちらが現在、酒の飲めない病人でも嬉《うれ》しくなるものです。ただこの書き方はやはり細かい神経のくばり方がいると言えましょう。①相手が気心のお互いにわかった友人や弟妹である場合②その病人の病気が、比較的、軽症の際――に限ることは言うまでもありません。

（三）病人に他の病人の不幸を知らせぬ方がよい（特にそれが同じ病気の場合は……）

ところが逆にいいますと、自分や知りあいの全快（時にその病気が共通している時）の体験談を知らせるのは、良い見舞状になります。たとえばそれは次のような書き方です。

「胃カイヨウの手術をなさる由《よし》……さぞ色々と不安でしょう。ところが小生も二年前、やはり胃カイヨウで国立第二病院に入院、手術をしました。大変、不安で恐ろしかったのですが、近頃の病院は麻酔の設備が整っているため、案外たいしたこともなく一カ月後には退院、現在はウイスキーを半本のんでも平気な体です。胃を切って本当によかったと思います。貴方《あなた》もおそらく来年の終りには小生同様、ウイスキー瓶をかかえて、御自分の体験を皆に話してきかせられるでしょう」

こうした病人の不安を除き希望を与えるような体験談は見舞状には大いに書いてよ

いと思います（ただし、これが本当の医学的なものであること、自分勝手な治療法や民間薬を押しつけたりすることではない点に気をつけて下さい）。

以上の三点が病人への見舞状のコツだと申しあげておきましょう。

（一）月並み文句は書くな
（二）病人をイラだたせ、ヒガますことを書くな
（三）病人に同じ病気の人の不幸を書くな、同じ病気の人の全快を知らせよ

第六講　相手の心をキャッチするラブ・レターの一寸《ちょっと》したこと（男性篇）

――恋人に手紙を書くには――

□ラブ・レターほどムツかしい手紙はない

獅子《しし》文六《ぶんろく》氏の小説『大番』*をお読みになった方は多いと思いますが、あの小説の中で主人公ギューちゃんが、村中の女に謄写版《とうしゃばん》でラブ・レターを刷って配って歩いたという場面がでてきます。

これを読んだ時、我々はギューちゃんのやり方に爆笑するのですが、しかし、いざ自分が恋文を書くとなると、どうも書きにくく、書きづらく、遂《つい》にギューちゃん方法をとりたくなる時がよくあるものです。

ギューちゃん方法といってもその場合、我々はまさか謄写版で刷るようなことはありませんが、さきの見舞状にも挙げたような月並みな、手アカでよごれた言葉を羅列してそれを恋人に送るのです。

ぼくの後輩の青年でやはりこのような月並みラブ・レターを書いた者がいました。その青年はどうしたかと申しますと、古本屋に行って「流行歌集」を買ってきた。この流行歌集をパラパラとめくる。たとえば「四月の花の散るころよ」という言葉が眼につけばそれを写す。次に「なぜか知らねど、悲しくて」という言葉を見つければそれもコピーしておく。「君を思いて胸さびし」「待ちましょう、また会う日まで」これらも並べることを忘れない。

そしてこうして眼についた言葉を並べ次のようなラブ・レターを書いたのである。

「四月の花の散るころになりました、あなたのことを思うと、胸がさびしくなります。なぜか知りませんが、悲しみさえ伴うのです。これもあなたとこの前お別れしてから二週間になるためと思いますが、また、会う日までお互いに待ちまし

＊「大番」（おおばん）　獅子文六の人気小説。丑之助《うしのすけ》こと〝ギューちゃん〟の青春時代を描く。のちに映画化された。

ょう。……」

なるほど、これでも一応はラブ・レターの形式になっている。だがぼくはこの話を聞いた時、笑いながら心の中ではこの青年は本当に相手の女性を愛しとらんなと思いました。

なぜなら本当に恋人を愛している男性なら、たとえ自分の文章が下手だからと言って、やはり自分の言葉、自分の愛情をこめた表現で彼女に訴えるべきだからだ。果せるかな、この後輩は三、四カ月もたたぬうちに別の女性と恋愛したという話を聞いたのでした。

まあ、それは余談としても、このようにラブ・レターは「流行歌集」一冊の文句を切りはりすれば誰にだって書けないものではありません。だがこのような出来あいラブ・レターによって恋する人の心を射とめられると考えるのはあまりに虫が良すぎるというものです。

もちろん、こうした手紙でＯ・Ｋを言う女性もいないとは申しません。広い世界のことですから、そういう娘さんもいることはいるでしょう。

しかし、たとえ、相手にＯ・Ｋを言ってもらったにせよ、この恋愛は初めから何処《どこ》か誠意に欠けているようなものです。なぜなら人生にとって最も大事な行為の一つである「恋の告白」が、一冊十円で古本屋から買ってきた「流行歌集」のつなぎ文句でできあがっているからです。たとえＯ・Ｋを言ったにせよ、彼女だってこの事実を知れば良い気持がする筈《はず》がありますまい。

ラブ・レターほど書きやすくて、ムツかしい手紙はありません。

□君は君だけの恋文を……

その第一の理由は恋愛の感覚というのは我々の趣味と同じように、時代によって、場所によって変るからです。

早い話、あなたが十八世紀ごろのフランスに生れていたとしましょう。そしてサロンの貴婦人に恋の手紙を送るとする。そういう場合は美辞麗句を並べ、あらゆる教養の限りをヒレキせねば上手なラブ・レターとは言えませんでした。

「黎明《あさがた》の星よりも純粋にして、夕暮の薔薇《ばら》よりもうるわしき君よ。わが心、雨にうたれし白鳥のごとく震え……」

いわば舞台で新劇のチンピラ俳優が朗読するような、名文句か迷文句かが女性に愛の告白をする第一の条件でした。

もしこのような雅《みやび》やかな言葉（?）がスラスラと言えなければ、この男は女性たちから育ちの悪い、教養のない人間と見られたのである。

皆さんの中にはエドモン・ロスタン*の「シラノ・ド・ベルジュラック」*をお読みになられた方も多かろうが、あの本は蓋《けだ》しこの間の事情を我々によく悟らせてくれると言うものです。

この戯曲の中にはクリスチャンという男が出てくるが、彼氏、どうも不器用な男とみえ、このような雅やかな言葉を口に出せぬばかりに、懸想《けそう》しているロクサーヌの心をつかむことができんのであります。が、この十八世紀の恋の文句という奴《やつ》は現在の我々が読んでもピンとこない。ピンとこない所か、どうもオーバーな気がしてならない。このシラノの劇を文学座が舞台にかけた時、ぼくも見にいきましたが、例の口説きの文句を聞きながら、オッ恥しく、なにか背中にジンマシンの起きる気がした。

つまり十八世紀の恋の文句や、愛の表現は現代人の我々の感覚には肌に合わない。合わぬどころか、それはかえって我々には大時代的な、誇張されたものに見えるのであります。先ほどの「黎明の星よりも純粋にして、夕暮の薔薇よりもうるわしき君よ」という言葉は十七、八世紀のフランスのサロンでは通用したかも知れませんが、今のフランス娘に諸君が使ってごらん。忽《たちま》ちにして彼女たちの失笑、爆笑を受けるにちがいない。

ところが巷間《こうかん》の「愛の手紙の書き方」だの「恋文作法」などを読みますと、その中に恋の模範文例として、西洋のこの誇張にみちた大時代的な書簡をかかげてある。

「愛するゲルトルードよ。私の胸は砕かれた笛に似ている。その笛はいまあなたにたいし、傷ついた哀《かな》しみの音しか出しません。愛するゲルトルードよ……」

まあ、こういった愛の模範文例が一体どのくらい、我々に役立つか考えてもらいたい。ゲーテの愛の書簡、ベートーベンの愛の書簡。それはそれなりでは立派なものかもしれませんが、日本人の現代の我々男性が恋文を書くには一向になんの模範にもならない。

ぼくはこの種の本を見て、かえってその本の編者の無責任さを感ぜずにはいられま

＊エドモン・ロスタン（Edmond Rostand　一八六八〜一九一八）劇作家。フランス・マルセイユ生れ。詩集「手すさび」、韻文劇「ロマネスク」「遠き姫君」「サマリヤの女」など。
＊「シラノ・ド・ベルジュラック」大きな鼻のコンプレックスに悩み、生涯一つの恋を貫いた男、シラノの生涯を描いた物語。

せん。考えてもごらん。日本人の君が「黎明の星よりも純粋にして五月の薔薇よりもうるわしい花ちゃんよ!」と書いて恋人に送ってみなさい。恋人は君の頭が春先の陽気で少し可笑《おか》しくなったのではないかと思うに違いない。

だから恋文の書き方というのは、たとえ、それがゲーテのものであろうが、孔子様のものであろうが模範にはならないのです。君は君だけの恋文を書かねばならないのです。

では恋文はどのようにしたためるべきでしょうか。勿論《もちろん》、それは一人一人によって違うでしょうが、その共通の目的はハッキリときまっています。

それは言うまでもなく、

文字によって自分の愛情を訴えると共に相手の女性の心をキャッチし、ゆさぶり、陶酔さすことにある。

こう申しあげると、なんだ、わかりきったことを言うなと皆さんはおっしゃるかも知れない。

ところが、これが出来やすくて、なかなかムツかしいのです。

もう一度、今、ぼくが述べた恋文の定義を読みかえして下さい。
恋文とは「文字によって、①自分の愛情を訴えると共に、②相手の女性の心をキャッチし……ことにある」
①と②という番号をよく噛《か》みしめて頂きたい。と申すのは人半の諸君の恋文というものは①だけに熱中して、②を忘れているのが普通だからです。
「ぼくはサチ子さんを死ぬほど愛している」そういう告白ばかり書いて、相手の心をつかむ筋道を忘れている。もっとも恋の駆引きの中には「押しの一手」という奴があって、好きである。好きである。好きである。の人海戦術で相手をカンラクさせる手がないわけではありませんが、しかし、この押しの一手がすべての女性に適用されるとは限らない。

やはり、本書で何遍も繰りかえしたように恋文の本質的要領は「読む人の身になって」の一語につきるのです。読む者の心を巧みにキャッチし、陶酔させねば、決していい恋文とはいえないのです。

そのためには、どう書けばよいのか。

ぼくの友人で、こんな恋文を書いた男がいました。

それはタダ一枚の葉書に、一行だけ、

キミがスキだ

たった、それだけ。それ以外には何もしるしていない。

ところがこのたった一行の文字が百行の手紙よりもジィンと彼女の胸をつかまえたのです。皆さん、その理由を考えて下さい。

もし、その理由がおわかりになった方は（漠然とではなく、ハッキリとですよ）恋文が書ける人です。この要領をつかまえればいかに難攻不落な女性の心でも六〇％ほど傾けるのはそれほど難事ではないのです。

その理由は……後でお話ししましょう。

それまで、皆さん自身で色々、お考えになりながら、読みつづけていって下さい。

では例によって、一つの恋文の例文を見ながら考えてみることにしましょう。

□気障《きざ》な引用はすべきでない

「『巷《ちまた》に雨のふる如《ごと》く、我が心にも雨ぞふる』というヴェルレーヌの詩を思いだすように霧雨が降る夜……。その雨の音を聞きながら君の事を考えているのです!!　ファウストの中に永遠の女性という言葉があり、この言葉はむかしから、ぼくの心を悩ましく打ったのですが、君のことを考える時、ぼくはこの言葉を思い出すのです」

このような手紙を軽々しく判定するのはいけませんが、ぼく自身の好みから言うと、ぼくはあまり好きではありません。

なぜ好きでないか。言うまでもない。これがあまりにキザな文章だからです。

ヴェルレーヌだの、ファウストだの、永遠の女性だの、歯の浮くような言葉を平気で使っているのを見ると、諸君、背中にジンマシンの起きそうな気がしてこないであろうか。

いつだったか、ある日、珈琲店《コーヒー》で休んでいましたら、背後の席にこれと同じようなキザな言葉で、女性を口説いている青年がいた。縁なし眼鏡をかけた、色の生白い蚊トンボみたいな男で、さかんに、

「キエルケゴールの言葉によるとネエ……」とか「ぼくぁベットォベンの曲をきくと涙が出るんですよ」

いかにもワタクチは教養のある青年でチュよと言わんばかりで、そばで聞いていても照れくさく恥しく、こんなイタチのオナラみたいな男に彼女がひっかかることなきよう、切に切に祈った次第である。

キザなこと、歯の浮くような言葉に心引かれたのは、明治時代から大正の初期にかけての女性であって、この時代は外国文化を少し身につけたといえば、まるでインテリの象徴みたいであったから、学生なども、

「あぁ、我々のライフは苦しみの連続であるナ」

というように、会話の中にもキザっぽく英語などを入れたそうです。

「その時、シイがウァシイントン・クラブ（W・C）に飛びこんで、扉をばバタンとシャットしてペイパァをガサガサ探しとったよ」

こんな話にも阿呆《あほ》くさい外国語を交えるのですが、それでインテリの象徴なのであったと言うのだから片腹いたい。そして女性も、こういう外国語を会話の中に入れて、

「ボクはあなたをラブしているのです。シェークスピアの言葉ではありませんがツーラブ、オアア、ノット、ディス、イズ、マイ、クエスチョン」

手前がクエスチョンなくせに、こんな鼻もちならぬ男性に、一コロで参ったと言う例もあったらしい。

しかし現在、このようなキザな方法で女性の心を摑《つか》めると思えば余りに時代遅れと言うものです。たとえば、職場や学校のガール・フレンドにこの事実をたしかめてみられるがよい。

女子学生であろうが、銀座にお勤めのB・G*であろうが「どんな男性が一番イヤか」といわれれば、ほとんど異口同音に答える解答はきまっています。それは、

キザな男！

美男子でございますことを首に札をブラさげたような青年はどこの酒場へ行っても鼻つまみである。

ボクは秀才です、英独伊ペラペラですという気どりやさんもおおむねの女性に反発されるのが普通です。女性に手紙を書く場合も「ヴェルレーヌ」とか「ランボオ」とかを使って効果があったのは一九三〇年代のモガ*、モボ時代の話である。恋文の中に

*B・G（ビー・ジー）（和製語）ビジネス・ガールの略称。女性事務員の旧称。オフィス・レディー。（広辞《こうじ》苑《えん》）

*モガ、モボ（昭和初期の造語）モダン・ガール、モダン・ボーイの略。（広辞苑）

先ほど挙げた文例のようなヴェルレーヌだのファウストだのの引用は、かえって女性に自分を鼻もちならぬ男に見せるのである。

万一――万一です、こういう言葉にツリこまれる脳の弱い女性がいたとしたなら、その女性は何かにコンプレックスをもっているか、あるいはまだ非常に子供っぽい感覚の持主だと知るべし。

いずれにせよ、恋文にはキザな引用はすべきではないのです。

次の文例に移りましょう。

「昨日のドライブには五人集まりました。男は佐伯《さえき》と大川とぼく、女性組は延岡のセッちゃんに、チャコでした。君が欠席とセッちゃんからきいた時は全くガッカリしました。

でもドライブそのものは快適で、久しぶりに海の涼風にふかれ、みんな、持ってきた食料をパクついたり、まだ少し冷たい海の中に足を入れたりして大はしゃぎでした。今度も是非、みんなでドライブしようと約束したほどです。ただ、ぼくだけは次の機会にはどうしても君が来てくれなければ欠席しようと考えました」

これはある学生がガール・フレンドに送った葉書を掲載したものですが、これは巧まぬという点でなかなか上手な恋文だと思います。

どこが巧まぬのか。

まず、先ほど申しあげたような鼻もちならぬキザなもの、ベタベタしたところがこの葉書にはありません。第三者である我々が読んでも思わず照れくさくなる表現や甘え方がないのです。

いかにも青年らしい清潔な筆致で素直にドライブの模様を報告して、最後の一行で自分の彼女にたいする感情を叩《たた》きこんでいるのです。

「ただ、ぼくだけは次の機会にはどうしても君が来てくれなければ欠席しようと考えました」

この一行の文章はセンチなところも、甘ったれたところもなく、青年らしいさわやかな愛情の表現としてワサビがきいている。これをもらって読んだ彼女もこの一行にノック・アウトとまではいかなくても相当、強力な右フックを心臓に叩きこまれた感じがするにちがいない。

では、なぜ、この最後の一行がワサビがきいているのか。――その理由を皆さんも考えてごらんなさい。

理由は簡単です。

それはこの一行に達するまでの前の文章が全くさりげないからです。愛だの、恋だのを一語も述べていないからです。

だからこれを読む女性は始めは何の気なしにたんなるドライブについての便りと思って読んでいるでしょう。心に隙《すき》ができる。その時、突然、最後の一行で右フックをかませられる。彼女がグラッとゆらめくのは当り前ではありませんか。

皆さんはこれを逆に先ほどのキザな手紙と比較してごらんなさい。

「雨の音を聞きながら君の事を考えているのです‼　ファウストの中に永遠の女性という言葉があり、この言葉はむかしから、ぼくの心を悩ましく打ったのですが、君のことを考える時、ぼくはこの言葉を思い出すのです」

かりにこの手紙が女性の心をひいたとしても、それは今の青年の一枚の葉書ほど激しくはありません。なぜか。つまりこのラブ・レターは十九世紀的であり「おふるい」書き方であるのにたいし、青年の葉書が現代的だからです。

恋文の中で、初手から「愛」だの、「愛する」だの「恋しい」などの言葉を乱発するのは下手な書き方です。

どんなおいしい洋菓子でも、沢山並べられれば、たべない前に食傷してしまいます。それと同じように、同じ恋文でも、「愛」「恋」「誠実」「永遠」「泪《なみだ》」などの流行歌に出てくるおきまり文句をベタベタ並べたてても文章というものは思ったほどの効果はあがるものではありません。

□あふれる愛情表現より効果的な「抑制法」

つまり、このことは少し専門的になりますが、抑制ということが文章道の第一原則なのです。

少し外れた例になるかもしれませんが、ぼくが初めて小説を書き出したころのことです。ある日、出来あがった一作を先輩の家に持っていって、教えを乞《こ》うたことがありました。

この小説はある夏の海岸を背景にしたものでしたから、その文章の中には夏の日の暑さを描くため「太陽がギラギラと光り」とか「まぶしく樹木も光り」というような お定まりの表現が沢山、並んでいたわけです。ところがこの原稿を読んでくれた先輩はぼくに次のような忠告を与えてくれました。

「夏のまぶしさや暑さを描くなら光の方から書くな。影の方から書け」

ぼくは始めはその意味がよくわかりませんでしたが、二、三日たってその先輩の言葉を思いだし何かわかったような気がしました。

つまり夏の暑さを描写するのに「太陽がギラギラ」とか「樹木はまぶしく」とかいう表現は誰もが使う手アカによごれた形容です。だからそれを読む人も、こういう形容には食傷しています。むしろ、そういう場合は太陽の光には触れず、白い路《みち》に鮮やかにおちた家影、暑さの中で微動だにもしない真黒な影を書いた方がはるかに効果的なのです。

この先輩の教えはぼくには、非常に心に残りました。ぼくは「影を描け」と言って下さった彼の言葉から、文章の二つの法則を学んだようです。

一つは抑制法ということです。二つは転移法ということです。

これは結局は同じことになるかも知れませんが、第一の抑制というのは自分の感情や気持を文章の始めから終りまで訴えないことです。恋しいという気分を表現するのに、最初の一行から最後の行まで、「恋」だの「愛」だのの言葉を並べたてるのを避けることです。

あなたがかりにある女性と、どうしても別れねばならなくなったと致しましょう。ところで、あなたが別れ話を持ちだした時、ワンワン、キャンキャン、犬のように泣いたりわめいたりされるのと、悲しみと苦痛とをこらえてじっと無言でこちらを見あげられるのと、どちらがあなたの良心に鋭くさしてくるか想像してごらんなさい。苦しみをたたえてジッと耐えた女の青白い顔は大声で泣き叫ぶ女性の表情より男の心にこたえます。

本当に心にかなしみがあった時に泪もでなくなるという言葉がありますが、我々はそうだと思うのです。感情をあふれさすより、それを抑制して、たった一すじ眼から泪がこぼれる方がはるかにその感情をせつなく表現するものです。

文章の場合も同じ理窟《りくつ》だと言えましょう。「恋しい」とか「愛している」とかを百並べてもそれほどの効果はないものです。それより、文中にたった一行、キメ手にはまった感情吐露を示す方がぼくは上品な、しかもより立派な恋文の書き方だと思うのです。さきほど、ただ一枚の葉書に、

「キミがスキだ」

それだけを書いて相手の女性の心を獲得した友人の話をいたしましたが、これはある意味で抑制法を応用したものです。

芥川龍之介《あくたがわりゅうのすけ》*の短篇に次のようなものがあります。有名な短篇ですからお読みになった方も多いかと思いますが、息子を最近失った婦人が、息子の恩師をたずねてくる。彼はその、子を死なせた母親が如何《いか》ほど悲しみ歎《なげ》いているだろうかと想像しながら相手の話を聞いているのですが、意外にもその婦人はもの静かで、話が息子のことに及んでも口に微笑さえたたえているのである。彼は奇異な感情に捕われたが、たまたま、話の途中、婦人が卓子の下で絹のハンカチを必死で握っているその指先の動きに気がついた。彼はこの時、この母親が顔では礼儀ただしい微笑をたたえながら、指先で子を失った苦痛と悲しみに闘っていることを知った……。

こういう短篇ですが、この物語自身はまさに感情の抑制によって、もっと烈《はげ》しくその感情を他人に訴える文章の方法を我々に連想させてくれるのです。

たとえば葉書一枚にただ一行、

「ぼくは君が好きだ」

これを見て、読んだ女性は彼が百万言ついやして愛だの、恋だの、ヴェルレーヌだの言わぬから、この男の愛情の表現は少ないと思うでしょうか。

冗談じゃない。いや、むしろ、たった一行「ぼくは君が好きだ」としか書いていない故《ゆえ》に、あまたのことを言おうとして言えず、吐息のように洩《も》らしたせつない男の心をかえってジィンと感ずるにちがいない。つまりこの葉書の男はこの一行のために、他のすべての行を「抑制した」と言えるでしょう。

□気の弱い男性に向いている「転移法」

次に転移法とはどういう文章作法か。専門的なことは書くのを避けますが、要するにこれはある感情や観念を説明するのにその感情や観念をそのまま現わすナマの言葉を絶対に使わずに、別の言葉でそれらを表現する方法です。

たとえば「恋」とか、「愛」とか、「好きだ」などというナマの言葉を使わずに、恋愛感情を表現する方法です。先ほどの大学生の葉書をもう一度ごらん下さい。

彼は一字も「恋しい」とか、「愛する」という表現は使っておりません。けれども最後に、

「ただ、ぼくだけは次の機会にはどうしても君が来てくれなければ欠席しようと考えました」

と書いています。これはやはり一種の転移法だとも言えましょう。

＊「手巾（ハンケチ）」芥川龍之介の初期の短編。大正五年発表。

ラブ・レターを書く場合、転移法と先ほどの抑制法とはどちらが効果的かと申しますと、言うまでもなく後者でしょうが、しかし転移法はやはり憶《おぼ》えておいて得な場合があります。

それは相手のこちらにたいする感情がよくわからない場合や、あるいはもし相手からピシャリと断られて恥をかきたくないと思われる気の弱い男性に向いているからです。

たった今、挙げた大学生の、

「ただ、ぼくだけは次の機会にはどうしても君が来てくれなければ欠席しようと考えました」

この文章から「だけ」「どうしても」を削り、「欠席しよう」に「かしらん」という一字を加えてごらんなさい。

「ただ、ぼくは次の機会には君が来てくれなければ欠席しようかしらんと考えました」

こう一寸《ちょっと》変えてみただけで前者と後者とでは手紙の内容がひどく違ってくることがわかります。つまり後者があきらかに女友だちを友だちとして考えただけの友情の手紙であるのにたいして、前者は、友情以上のものをどこか、今、消してみた二つの句に暗示しているからです。

しかし開きなおって、では前者があきらかにラブ・レターかと言われるならば、そこには一言も「恋」だの「愛」だのという言葉を使っていない以上、客観的に恋文だと断定するキメテはありません。見方によってはこれは非常にズルい手だと言えます。だから、諸君の中で非常に気の弱い人がもし相手の女性の心理をそれとなくさぐりたい場合などにはこの転移法を使って書いてもよいのです。

たとえば、あなたに圭子《けいこ》さんという女友だちがいたとします。あなたは圭子さんに恋を打ちあけたいのですが、もし打ちあけて、彼女からノオと言われた場合、今までの二人の交際や友情がこのためにブチこわしになるのが不安だとしましょう。実際こういう場合はよく我々の周囲で見うけられるからです。転移法、つまり、読みようによっては恋の手紙だが、別の見方をすれば、たんなる友情の表現にしかすぎぬ書き方はこういう時、思いがけない効果をあらわしてくれるでしょう。

つまり、もし圭子さんが、あなたを憎からず思っているならば、いかに転移法で書かれた手紙でもあなたの真意を見ぬいて嬉《うれ》しいと思ってくれるでしょう。

しかし逆に彼女がこの手紙を読んで、翌日、

「イイ気なものね、変な手紙よこしたの」

などと同性の友だちにでも言うなら、

「それは君の誤解だよ。僕は友人としての手紙をあげたんだけど……なあ」

と打消すこともできるわけです。

転移法はこのようにズルイといえばズルイのですが、しかし世間には気の弱い男も沢山いるにちがいありませんから、この方法は知っておかれてよいでしょう。

第七講　彼女に関心を抱かせる恋文の一寸《ちよつと》したこと（男性篇）

――あなたに関心がない彼女への恋文の書き方

□あなた自身に興味を持たせる手紙を

第六講の原則をのみこまれた上でラブ・レターの書き方は貴方《あなた》と相手との関係の密度によって随分ちがってくると御了承あれ。そしてその個人的事情や相手の性格に応じてまた書き方も変えるべきでしょう。

しかしそういう具体的なわけ方をしていますと際限がない。そこで、ぼくはここで大きく二つに分類しておきます。それは言うまでもないことですが、

① まだ彼女があなたに関心のない場合

② 既にあなたを彼女が愛している場合

このちがった、それぞれの場合によってあなたが書き方を変えねばならぬことは言うまでもありません。

というのは②の場合は既に二人は恋愛関係にあるわけですから、旅先から書く葉書一本にせよ、ある親しい感情の表現や用語がつきまとうのは当然だからです。

たとえば、

「暑い。東京は如何《いかが》。こちらにいると風邪をひいた小猫のような君の顔を思いだす」

この絵葉書の文章は東京にいる恋人に出張先から送った某君の便りを一寸、借用したのですが、この絵葉書のなかで、

「風邪をひいた小猫のような君の顔を思いだす」

という言葉は、彼の彼女にたいするくだけた愛情の表現であることは皆さんもすぐお気づきでしょう。こういういささか不躾《ぶしつけ》な言葉を女性の顔にぶつけて、しかもそれが愛情の表現となるためには二人の恋愛がある程度、進んでいなければならないのは勿論《もちろん》です。

だが、これはあくまでも二人が愛しあっているか、相手が君を好いている時の手紙であって、もし彼女がまだ君に全く関心もない時に、

「暑い。東京は如何。こちらにいると風邪をひいた小猫のような君の顔を思いだす」

こう書いてごらん。彼女のお顔がそれこそドンなことになるか、これは説明申しあげる必要もないであろう。

一般的に言って今いった②の場合のほうが①の場合よりも手紙が書きやすいことは事実のようです。

①の場合――つまり彼女がまだ君に関心のない時の恋文はそれでは一体どう書けばよいのか。

これもその場合場合や相手の女性とあなたとの環境や心理の差を十分、考慮しなくてはなりますまいが。その際、次の四カ条は書きながら頭におぼえておきましょう。

（一）あなたに興味を持たせよ
（二）相手の美点を上手にほめよ
（三）むだな不安感や警戒心を与えるな
（四）ネチネチした物の言い方を避けよ

第一項目は言うまでもないことですが、相手の女性がまだ君に関心のない時は、何よりも、彼女があなたに注目し興味を持つように運んでいかねばならん。注目と興味は女性にあっては関心の始まりだからであります。

しかし注目してもらうため何をやってもいいというわけではない。彼女の前を下ばき一つまとわぬ素ッ裸で歩けば、なるほど彼女はキャアッと叫び注目するかもしれない。しかしこの注目は脳の少し可笑《おか》しい人間にたいする注目と同じであってそれ以上の尊敬も愛情もふくまれていないことは言うまでもない。しかし恋文を書く場合、正攻法の書き方をするより彼女があなた自身に興味を持つような仕組みを作るのが賢明でしょう。

□彼女をホメる言葉を織りこんで

興味を持たせるためにはどうすればよいか。それは第一に何度も繰りかえしたように模範書簡文集などに掲載されているような公式的な表現をとらないことです。第二に彼女の美点をホメる言葉を織りこむことも忘れないようにしましょう。

誰でも人からホメられて悪い気持はしないものですが特に女性の方はこの気持が強

い。こんなことは今更、申しあげる必要もないほど皆さま御存知でしょうが、しかし恋文のなかでこのホメるということが案外、なかなかむつかしいのです。

まず、ホメるのは結構ですが、そのホメ方が先ほど、ぼくが申しあげましたように気障《きざ》にならぬこと、鼻もちならぬ表現に陥らぬように注意して下さい。この気障なホメ方はかえって相手の女性の心を傷つけ、自分を馬鹿《ばか》にしているのではないかと疑わせる場合があるからです。

たとえばこんな手紙を見てください。

「ぼくは自分があなたの眼から見れば虫ケラのように価値のない人間だということを知っています。いや、虫ケラどころか、路ぼうの石にすぎないかもしれません。実際、あなたのように美しい人に一つの石ころがこんな手紙を書くのは身分不相応なことはよくわかっています。

あなたはまぶしいほど綺麗《きれい》です。ダリヤの花のようです。ぼくはあなたのお顔に*香川京子と*有馬稲子がまざった美しさを感じるのです。いや、有馬稲子などもあなたのそばによれば月とスッポンです。その女王のような美しさをもったあなたに、ぼくみたいな石ころが手紙を書くことを許してください」

皆さんは笑われるかもしれません。しかしこういう恋文は我々が冷静な時は笑いの種になりますが、恋にうかされた時は自分の感情に酔って書いてしまうものなのです。ところで断言しておきますが、こういう書き方をした手紙は決して相手の女性にストレートのパンチを与えることはできないようです。つまり思ったほど効果がないのです。

なぜか。

理由は簡単です。

第一に近ごろの女性はこんな大時代的な恋文を好みません。近ごろの女性は男性の中に自分をホメたたえすぎるフニャフニャを求めているのではなく、またこのフニャフニャが一時的なお世辞であり、おべんちゃらにすぎないことを知っています。十九世紀や大正時代の女ならとも角、今の女性は極端に自分を卑下してみせる男性に強さの魅力を感じないからです。

自分のことを「ぼくは虫ケラ」「ぼくは石ころ」と述べる彼の心情は哀れですが、読む女性はまともならいささか寒けを感じるのが普通でしょう。また自分をほめるにせよ、「ダリヤの花」とか「有馬稲子も月とスッポン」は大袈裟《おおげさ》すぎて、軽薄なおべんちゃらにしかきこえません。思ったほど効果はないのです。

女性を手紙でほめる場合の要領は次の二点につきます。

（一）抽象的なほめ方はしない
（二）彼女だけが気づいていて、余り他人の気づかない所をさがせ

これは心理的な効果をあげるだけではなく、また文章道の上から言っても肝心なことだと言えます。


抽象的なホメ方はしない。と言うのは、今挙げた手紙のように、

「あなたは美しい」

「あなたはダリヤのように美しい」

＊香川京子（かがわ・きょうこ　一九三一〜）
女優。本名、牧野香子《きょうこ》。茨城県生れ。一九四九年東京新聞主催の「ニューフェイス・ノミネーション」に合格し、デビュー。一九九八年、紫綬褒章《しじゅほうしょう》を受けた。
＊有馬稲子（ありま・いねこ　一九三二〜）
女優。大阪府出身。一九四八年宝塚音楽学校に入団。一九九五年に紫綬褒章を受けた。

などと漠然としたホメ方をなさらずに、彼女の一点にホメ方を集中するのです。それもできれば（二）の彼女だけが気づいていて、余り他人の気づかない所にフックを打ちこむことです。

たとえば、彼女があなたの会社の同僚とします。

ある日、彼女が一寸したネックレスをかけてきたとする。他の同僚たちは勿論、忙しさにかまけてその小さなネックレスに気がつかぬ。

そういう時、恋文の中にそれを織りこむのです。

「昨日、首にかけてらしたネックレスは君にとっても似合って気に入りました」

このホメ方のほうが、「あなたはダリヤのように美しい」よりも十倍の効果をあげます。女性の心理は自分の装飾品や容貌《ようぼう》に具体的に注意を払ってくれる人を忘れないからです。

そこで、皆さんは自分がこれから恋の手紙を出そうとする女性にたいし、手紙を書く一週間前ぐらいから、できるだけ細かに観察しておくことをお奨《すす》めします。一見、なんでもないと思われるような些細《ささい》なもの——たとえば唇の横のホクロでさえも役にたつことがあるのです。

「昨日、オドロキ・コッペパンの主演した『黄昏《たそがれ》のまえ』という映画を見にいきました。スクリーンにコッペパンの横顔がクローズ・アップになりましたが、彼女の唇の横にとっても魅力のあるホクロがあるのを見て、君のことを思いだした次第です。と申しあげては甚だ失礼になりますが、ぼくは君をみる時、いつも唇のよこのホクロを魅力的だなあ……そう思っているんです」

これはぼくの友人で彼女を獲得した男の手紙を多少の字句を変えて引用させてもらったのです。今、このお二人は幸福な結婚生活を送っておられますが、奥さんに伺いますとこのホクロの手紙は甚だ効果ある影響を彼女の心に及ぼしたと笑いながら告白しておられました。

ホクロの一つでさえも見逃さずに恋文に織りこむという彼の手腕はチャッカリしていましたが、しかし、それは、手紙の書き方の要領である「相手の身になって」を実践したものと言えましょう。

□ホメすぎぬこと、要領よくホメること

それでは何が何でも恋文の中に相手の女性のことをほめる文句を入れればよいかと

いうとそうではありません。なぜでしょうか。もし皆さんが恋愛をしている時の女性の心理を考えられるならば、この点はきっとおわかりになると思います。

アンドレ・ジイドの有名な小説に『狭き門』という作品があります。日本でも幾種類かの邦訳があるためお読みになった方も多いと思いますが、これは普通ジイドのカトリシズムを諷刺《ふうし》し皮肉った小説といわれています。しかし今はこの小説の内容をお話しする機会ではありませんので、ただ、ここに出てくるアリサとジェロームという恋人どうしの恋愛心理について一寸、ふれてみましょう。

ジェロームとアリサとはたがいに従兄妹《いとこ》どうしの間でしたが、二人はまだ少年や少女の頃から、いつか愛しあう間柄になっていました。ジェロームにとっては従妹《いとこ》のアリサはこの世でもっとも美しい、もっとも浄《きよ》らかな聖女としてうつり、彼はその理想像を彼女に押しつけるわけです。

こういう理想像を押しつけられた女性はおのずと恋人の期待にそうために背伸びをするもので、アリサもまたジェロームの夢に応《こた》えるため、聖女のように振舞うのでした。

しかしこういう背伸びがいつまでも長続きがするものではなく、やがてアリサは疲れ、くたびれ、この聖女劇に苦しみ始める。その結果彼女は恋人から離れて孤独の中で死んでいく。

これが『狭き門』の恋愛心理から見た読み方（宗教心理からみると話はもっと複雑になりますが、それは省略しましょう）です。

こういう悲劇は『狭き門』の場合は極端ですが、極端だからと言って我々は安心するわけにもいきません。

実際の話、ぼく自身、年の若い友人たちの恋愛を見ていますと、これほどまでではなくても同じ型の失敗に陥る人によく出会うのです。

それは相手の女性を「ホメすぎる」ことのためです。

女性の恋愛心理の中にはあまり自分を相手から高く買いかぶられると、始めは嬉《うれ》しさを感じてもやがて不安を覚えるような場合があります。

たとえば、もしあなたが次のような手紙を書いたとしてみましょう。


「私が貴方《あなた》のなかに一番信頼するのは貴方のもっている清潔な心です。もちろん、貴方の外貌のもつ清潔感にも心ひかれるのですがそれにもまして　貴方の罪を知らぬけがれなさです。ちょうどまだ悪を知らぬ少女と同じようにこの社会や世の中の汚さに無邪気な貴方に私は心ひかれるのです。今まで私は学校や職場で色々

な女性にあいましたが（断っておきますがそれは勿論《もちろん》、たんなる知り合いという
だけでした）、私がいつも幻滅したのは彼女たちが汚いものや悪を知っていたか
らでした……」

この恋文はあるクリスチャンの青年がその恋人に送った手紙ですが、この恋文が一見、恋文としては妥当なようなものに見えて、実は女性の心を無視したエゴイストの手紙であります。その理由がおわかりでしょうか。

どこが欠点なのか。

あなたたちはこの恋文をもらった女性の心理を想像してごらんなさい。どんなに清潔な女性でも自分一人になった時は自分の性格や心に欠点や短所を発見し、それに多少の悩みやひけ目を感じているものです（もし、それを感じないとしたらその女性はよほど鈍感か自惚《うぬぼ》れの強い娘だといえます）。

ところが相手の男性からこうも高く買いかぶられる。清潔な綺麗な心の持主だと見られてしまう。この押しつけられたイメージはたしかに彼女を途惑《とまど》わせ、不安にさせます。

（あたしはそんな立派な女じゃないわ。一人の当り前の娘だわ。欠点も短所もある極《ご》

く普通の娘だわ）

恋人を失望させまいという気持と、この高く買いかぶられているという不安は、未婚の女性にとって男性が考えるより以上の苦しみになることが多いようです。

ぼくの知っている限りでもこういう不安とおそれとのために折角の恋愛感情をもちながら恋人に飛びこんでいけなかった娘さんが近頃の世の中でも案外、多いようでした。

ですから――

恋文の中でつまり相手に「不安を起さすようなホメ方」は客観的にいっても気障《きざ》ですし、また詰《つま》らぬ尻《しり》ごみを相手に起させぬとも限らぬのですからよくよく注意なさって下さい。

ホメすぎぬこと。要領よくホメること。

これが恋文で相手に関心を持たせる重要な要領です。

□相手をよく洞察することから始まる

しかし、第二段階の場合――つまり相手の女性とあなたとが既に恋愛関係にある場合は手紙の書き方はガラリと変ってもよろしい。むしろ時には先ほど例文の中に挙げた「小猫のような君の顔」式の少しチャメな言い方も許されるでしょう。これは一寸《ちょっと》みると如何《いか》にも相手をケなし、カラかっているようですが、実は、親しい男性からこういうからかい方をされると女性はホメられたと同じような嬉しさで受けとるものです。

ホメるという方法のほかに、女性にたいしこちらに関心を持たせる書き方の秘訣《ひけつ》を一つ具体的な例文を挙げてお示ししましょう。

これはぼくの友人で自分の意中の女性を獲得した男が初めて出した葉書に、こう書いたのです。

「あなたはフシギな女性。あなたはフシギな女性。あなたはフシギな女性。

…………」

たったこれだけの三つの句から成り立った葉書ですが、この葉書一枚で受けとった女性は彼に関心を持ったと言います。

この気持、なんだか諸君、わかるではありませんか。葉書をもらったその女性は自分のことをこうまともに「フシギ」と言われるとなんだか変な気持になり、一体なぜ自分がフシギなのか、彼に会って聞きたいと思うにちがいないからです。そして彼女はある日、彼に向ってなぜ「自分がフシギな女性か」と尋ねたそうです。すると彼はこう答えました。「君はぼくに恋させたからフシギな女性です」この一言で勝負はきまりました。

勿論この葉書は多少女性の心を摑《つか》むために策略めいた匂《にお》いもするので必ずしもお奨めしませんが、我々がここからえられる教訓はいわゆる模範的書簡文によくあるように「君を愛します」「美しいあなたはチューリップのよう……」などと言う紋切型の言葉はもはや無味乾燥だということです。現代の恋文は相手の女性の心理やその動きをよく洞察するところから始まることは、以上申しあげた教訓でおわかりになって頂けたでしょう。

第八講　彼女を上手《うま》くデートに誘う一寸《ちょっと》したこと（男性篇）

――デートを促す、手紙の書き方

□彼女を微笑させれば、誘いは成功

こうして前講までの努力で、もしその女性が自分に注目してくれたら、多少の関心を持ってくれたら、次にその人とのデートを促すような手紙や相手に自分という男がどんな人間であるかを知ってもらうような手紙も書く必要があるでしょう。

最初の交際期間のころデートを促す手紙を書く場合、要領はまず次のようなものです。

（一）既に「恋人きどり」の手紙はつつしむこと

（二）デートを強制するような書き方をしないこと

（三）彼女がこの手紙に返事をくれるように仕向けること
（四）その返事によってその後の方針をきめること

以上、順を追って御説明しましょう。

まず恋人きどりをやめて礼儀を守ること。これは今更、お断りする必要もないと思います。まだあなたは彼女の恋人でない以上は狎々《なれなれ》しい表現はできるだけ避けるほうがいいのです（ただし、これには例外があります。その例外については後で書きます）。

女性というものは現在、自分の好意がそれほど向いていない男性や、たんに友人と考えていた青年から突然、狎々しく「恋人きどり」の手紙をもらったりすると、反撥《はんぱつ》的にその男が嫌いになる心理を持っています。このために折角ある地点まで前進しながら後退を余儀なくされた連中は数多いのです。

第二に、この頃はまだ初期ともいうべきですから命令的な口調は手紙の中でいっさい避けたほうが賢明だと思います。

たとえば、

「今度の土曜日に有楽座でやっている『がめつい奴《やつ》』の芝居を御都合よろしければ御一緒に見にいきたいと思います。集合場所は有楽町駅前、時間は午後六時にしました。もし差支えがありましたら必ず、前々日の午前中に電話をください。不用の切符は払い戻しを前日までにしなければならないそうです……」

この手紙などはゼロ点のゼロ点です。一応は「お差支えあれば」とか「御都合よろしければ」などと儀礼的な文句は書き並べていますが、しかしどこか押しつけがましい調子がある。それは「……にしました」とか「見にいきたいと思います」とか「必ず」などという一寸した言葉ににじみ出ているからです。

若い女性はこういう一寸した押しつけがましい表現にも敏感です。特に自分の恋人でもない男から「必ず」とか「見にいきたいと思う」などと命令口調を使われると、そこに男性の横暴を感じないとも限りませんから要注意。

こんな時は一寸した注意、つまり、

「見にいきたい」を「ご覧になりませんか」「御一緒できれば、大変、嬉《うれ》しいのですが……」

また「電話をください」を「お電話頂ければ本当に有難いのです」ぐらいに変える

だけで手紙全体のトーンがすっかり改まることを知っておいて下さい。

□「狎々しい」書き方と「おどけた」書き方はちがう

右のことはそれほどムツかしくはないのですが、少し手のかかるのは、彼女がこのデートの誘い状を黙殺してしまわないように、返事をくれるように水を流しておく書き方です。

下手な書き手の書き方は、

「御都合のほど御返事お待ちします」

とか

「当日、朝、六時までに御電話下さい」

こういう表現のしかたです。下手といってもこれは悪いという意味ではありません。ただ、これでは無味乾燥な缶詰料理をくわせられると同じで、恋人でもないあなたに一寸返事を書くのも億劫《おっくう》な気持が彼女にしたとしても無理はないでしょう。

いいですか。この初期段階、つまり片思い時代には、彼女をしてあなたに興味を持たせるべく一言一句も活用しなければいけないのですよ。その興味の持たせるやり方は、

「御都合のほど御返事お待ちします」

では税金の督促状と変りないではありませんか。

同じ労力と紙とインキを使うなら、こう書いては如何《いかが》です。

「同封の紙に○ジルシと×ジルシがあります。一緒に映画を見てくださるなら×ジルシを消して下さい。そうしたらどんなに嬉しいでしょう」

一寸した、このおどけた二、三行によって、彼女は微笑するにちがいありません。微笑させればシメたものです。

「もしお断りになるなら、その日、会社にいらっしゃって、ぼくを初めて御覧になった時、右腕で頭をかいて下さい。そのサインをなされば、辛《つら》いけれどアキらめます」

これもうまい誘い方です。こう書かれれば彼女が君にゲジゲジにたいするような生理的嫌悪感《けんおかん》のない限り、右腕で頭をかくということはまずない筈《はず》です。

こうした二つの例はいずれもおどけた書き方ですから先ほどの「狎々しい書き方をするな」という言葉と矛盾するように思われるかもしれません。

しかし、それは間違っています。

「狎々しい」書き方ということと「おどけた」書き方とはちがいます。狎々しい書き方とは、むしろ、恋人でもないのに押しつけがましい言い方を手紙の中ですることです。「おどけた」書き方は、相手の女性の心をときほぐし、君にたいして安心感を与える書き方です。

この二つの書き方のちがいを心得れば、デートの誘い文はおそらく成功するでしょう。

□相手に自分を知ってもらうための要領

次に、恋文の中であなたがあなた自身について語る場合の要領を御一緒に考えてみましょう。つまり、これは相手の女性に自分を知ってもらうための方法です。その要領は、

（一）自分を威張って見せぬこと

（二）さりげなく知らせること

この二つにつきると思います。別に説明申しあげる必要もないと思いますが、（一）は要するに、

「ぼくの学歴をお知らせするならば、ぼくはX大経済学部を昭和三十年に出ましたから同僚の山口や岡村君とは学歴から言って違うと思います。というのは山口君は田舎のH大ですし、岡村君は私大のY大ですから」

などというイヤ味な書き方、あるいは自分を誇示するような書き方は絶対しないことです。第一、こういう学歴を知らせる必要は毛頭ないというのが、ぼくの考えですが、あなたが、どうしてもX大出身であることを彼女に知らせたいなら（二）のさりげない知らせ方を考えるべきでしょう。

「この間、知人の家に遊びにいきましたらあなたのお父さまもぼくの大学の古い大先輩であることを知りました」

こんな書き方で相手に伝えるほうがまだ良いでしょう。しかし自分の学歴や地位を鼻にかけるような男は男の友人からも嫌われるように、心ある女性からもたいてい爪《つま》はじきされるのが普通です。女というものは恋をした相手の学歴や収入など、こちら

が何も言わなくても、ひそかに調べあげる才能を持っていることを考えれば、こうした手紙はあまり書く必要もないかもしれません。

最後に、手紙を出した後、相手の女性の反応によって、次の手紙の調子《トーン》をきめなければいけません。

相手の返事が諾《ウイ》だったら、おめでとうございます、最早《もはや》いうことはない。次から次へと手紙を出されるべきでしょう。

しかし相手が梨《なし》のつぶてという場合があります。

この場合はなぜ彼女が返事をくれないのかよく確かめてみる必要があります。

もし、彼女がまだ初心《うぶ》で恋愛やあなた自身に恥しがって返事をくれないのならば、文句なく「一押し、二押し、三押し」です。

次から次へと恋の手紙を送って彼女をダウンさせてしまうにこしたことはありません。

女性はこういう場合、男性からグイグイ押されるのを待っているのであって、押さない方が馬鹿《ばか》というものです。

しかし――

もし、彼女が恋愛やあなたに照れてではなく――つまり、あなたのことを余り好感を持っておらぬため、返事をくれぬならどうすべきか。

こういう場合はもうあなたは続けざまに手紙を書いては絶対にいけない。

なぜ書いてはいけないか。

一般に女性心理を観察していますと次のような場合がよくあります。

それは自分が好意もしくは友情を持っている男性から恋の告白を受けたり、恋の手紙をもらったりしますと、その恋を受ける受けないは別として、決して悪い気持を持たぬものです。むしろ自分に恋をしてくれたという嬉しさや心のはずみがまず先にたちます。

しかし、この相手がもし、平生余り好意を持たなかった男性か、無関心な男性からの手紙ですと、先の場合とは全く反対に、

「なんとズウズウしいこと」

反撥的に今までよりもっと、その男性のことを嫌いだすものなのです。考えようによっては無茶苦茶な論理ですが、多くの女性心理の動きがこういう無茶苦茶なカーブをとるのですから、我々男性としては致しかたない。

ですから、かりに諸君が彼女に恋文なら恋文を送って、三日たっても四日たっても梨のつぶてであるならば、諸君は追い打ちをかけては絶対にいけないのです。押しの

一手で相手の神経も考えず、エンヤラ、コンヤラ二押し、三押し、四押しすれば、彼女は益々《ますます》あなたをイケ好かない男と見るでしょうし、ゲジゲジよりももっと嫌うようになるでしょう。

こういう場合は孫子の兵法ではありませんが、退いて静かに別のチャンスを待つのが一番よろしいようです。

だから君がまだ、初めて恋文を出して相手からピシャリと拒絶されたり、待てど暮せど、かきのような沈黙に出会った場合には、手紙は当分出すのはさしひかえるべきです。

以上大体、まだ君一人だけが恋をしていて相手の女性が恋愛状態に入っていない時の手紙の書き方について申しあげました。

□恋人どうし、夫婦間の手紙で大切な一寸したこと

では今度は既に恋愛の状態になった恋人どうしとか、夫婦間の手紙について簡、単、に申しあげましょう。

簡、単、にとぼくが書きましたのは、これは何もムツかしくはないからです。極端にいえばあなたはもう安心して彼女に何でも書きつづって宜《よろ》しいのです。その意味でこの

場合「恋文の書き方」は一つとしてムツかしいものはないと言って宜しい。

あなたは彼女に自分の思っていること、自分の趣味、旅先での感想、友人とケンカをしたこと、小遣いの足りぬこと、十二杯飯をくったこと、なんでも書くことができるでしょう。何を書いてもあなたに恋をしている女性はそれらを悪意にとるということはまずありません。あなたが十二杯飯をくったと書けばたのもしいと思ってくれますし、小遣いが足りぬと書けば五百円を返事の中に同封してくれるでしょう。

しかし何を書いていいにせよ、そこにまた積極的に心得ていて損のないことがあります。それらをお教えしておきましょう。

(一) 二人にとって思い出になる日(結婚した日とか、初めて二人が恋人として自他共に許した日とか……)につとめて手紙が着くようにする

(二) 優しい言葉を一行だけ書く

この二つです。第一の二人にとって思い出になる日、——つまり婚約した日とか結婚した日とか、初めてあなたとその女性とが恋人になり将来の約束をした日とかは——男という者は一度恋人をえると案外こんな二人の記念日や思い出には無関心、無《む》

頓着《とんちゃく》になりがちになるものなのです。

「釣るまでは苦労もするが、一度、釣ってしまえば、こちらのものさ、ヒ・ヒ・ヒ」という心理はどの男性の心にもある。このヒ・ヒ・ヒの心がこうした婚約記念日や恋人になった思い出の日をつい忘れさせてしまう。

ところが女性というものは、ちょうど牛が一度たべたものを胃袋からゲッと吐いて口の中で、また、モグモグと嚙《か》みしめるように、過去のことを何度も何度も味わうのが大好きなのです。

この女性の反芻《はんすう》的な傾向をあなたは察してやったほうが得でしょう。婚約記念日や思い出ふかい日には手紙が彼女の所に着くように——いいですか、その日に書いてはダメです。その日に彼女の手もとに着くように——たった一枚の葉書でよいから出すと、非常によい効果を与えるものです。

つまり女性にとっては、自分の恋人がこうした日を「憶《おぼ》えていてくれた」というだけで百万円のダイヤを買ってもらったと同じ悦《よろこ》びを味わうことができるのです。女性の心とはこういうものなのでしょう。

百万円のダイヤを買ってやるのと同じほどの悦びをたった五円也《なり》の葉書で彼女に与えてやれるなら、やらないが馬鹿というものでありましょう。

このことはたんに恋人どうしだけに適用されるのではありません。既に結婚されている方も、結婚記念日や奥さんのお誕生日を憶えておいて、その日に一声、何か祝いの言葉を言ってあげるだけで奥さんはどんなに悦ぶものか。人間どうせ長生きはなかなかできぬものでありますから、まあ善いことはやっておいて損はない。

第二の条項「優しい言葉を一行だけ書くこと」はこれは特に既婚者の御主人にお奨《すす》めしたいことです。

出張の旅先から、奥さんに一本の葉書を出すにも、

「明後日、夜、十時の汽車にて戻るから風呂《ふろ》たのむ。ビール二本たのむ」

これでは余り味も素っ気もないと言うものです。つけ加えるにたった一行、

「留守中、病気はしていないか。心配です」

たった一行――書いておきなさい。たとえ、あなたが心の中で「うちの山の神が病気などするものか」と思っていても、この一行は書くにはそれほど労力も時間もいらない。奥さんもたとえ、その言葉がお世辞と知っていても、満更でもない気持です。

こうした一行を書くのがぼくは夫婦の間の礼儀だと信じます。

第九講　恋愛を断る手紙で大切な一寸《ちよつと》したこと（女性篇）

――断りの手紙は、正確にハッキリ、誠意をもって

□拒絶する場合は「誠実」の一言につきる

女性の場合、恋愛の手紙の書き方で一番ムツかしいのは、男性から手紙をもらった時、それに諾否の返事をどう書くかと言う点でしょう。しかし相手の恋愛をうける場合はそれを断るよりは未《ま》だやさしいように思われます。

相手の恋愛を受け入れる場合は、

（一）自分の感情を冷静に考え、そしてそれをみつめましょう

（二）そして、相手があまり自分を買いかぶっていないかに注意しましょう

（三）恋愛にはいるまでは慎重でありすぎてすぎることはありません。冷静に始めの

文通は行いましょう

ぼくがここでなにか、ひどく保守的な箇条ばかり並べたとお思いの方もあるかもしれません。

それは一つには、ぼく自身が、あまり感情をベタベタあらわした女性の手紙に感心しないからです。

これは別に手紙だけの問題ではありませんが他人と話をつける場合、特に他人の申出を拒絶する場合、相手を傷つけない一番の方法は、平凡な言い方ですが、相手にたいして誠実に話をするという一言につきます。誠実に自分の気持を話せれば、相手がよほど根性曲りの男性でない限り、決してあなたを恨んだり、根に持ったりする筈《はず》はまずないでしょう。むしろ断られても一種の爽快《そうかい》さを感じるかもしれません。

「お心こもったお手紙、有難うございました。そんなに心にかけて下さって顔のあからむ思いが致します。折角そうおっしゃって下さいましたが、私は現在、将来を誓っている方がありますので御了承下さいますよう。しかしこうお断りしたからと言って、貴方《あなた》を同じ会社の同僚として親しい気持を持つことには一向変りございません。今後とも、宜《よろ》しく御指導下さいませ。なお、お手紙頂いたことは私一人の胸にしまい決して他言は致しませぬつもりでございます。お気持にそえず申し訳ございませんがお許し下さいますよう。……今後もさっぱりとした友人としておつき合い頂ければこんなに嬉《うれ》しいことはありません」

この例文を皆さんと御一緒に見てみましょう。

□断りの手紙はハキハキと

この断りの手紙はなかなか立派にできています。なぜ立派に出来ているかと申しますと、

①　文体（文章の書き方）が一見、男の文章のように短節からなる句を多く使ってハキハキとしています。

これをもし、所謂《いわゆる》女らしいだらだらとした長文を使って書いてごらんなさい。だらだらとした長文というものは日本語の特性上、どこか「含み」「陰影」があって湿っぽいものです。

これはぼく一人の意見かもしれませんが手紙の場合、ハッキリ正確に用件を相手に

伝える場合はよし、書き手が女性であっても短文でハキハキ読ませる形式を使ったほうが宜しいように思われます。

なぜ短い文章で書くほうがいいか。

それはどこか湿っぽく、含みや陰影のありすぎる長ったらしい文章はそれを読むものがその含みや陰影にひっかかるからです。言外の意味があるのではないかと考えすぎる恐れがないとも限らないからです。

特にプロポーズの断り状のような場合は先ほど申しあげたように正確にはっきり誠意をもって自分の気持を相手に伝えるのが肝要なのです。これにはハキハキとした短文の中で書くに限ります。読んでいて歯切れもよく爽快であり、すじ道を一つ一つ相手にのみこませ、後味を悪くしないためです。

② 断りの手紙でむつかしいのは既に述べたように「言葉の使い方」です。

相手の心を傷つけまいとして、躊躇《ためら》ったような気の使い方をしたため、かえって相手の誤解を招いてもいけませんし、といって、あまりに無神経に相手の神経を傷つけても困る。ここに断りの手紙の字句の選び方についてのむつかしさがあるようです。

さて今の例文をもう一度見て下さい。

「お心こもった手紙、有難うございました」

この始めの書き出しですが、もし、これを、
「お心こもった手紙、嬉しゅうございました」
と書いたらどうでしょう。この「嬉しい」という一語ではそれを読む男性の気持には、あなたが自分に多少でも愛情をもっていたのではないかと言う勝手な想像を起させがちです。というのは「嬉しゅうございました」では個人的な感情が幾分、強く入ってしまうからです。

だから、ここではいわゆる普通、手紙の礼状の慣用句ともいうべき「有難うございました」というあっさりした表現のほうが無難であり、かつ「断り状」にはもってこいなのであります。

更に、よく注意して読みますと、手紙の礼にたいしては「有難うございました。」という月並みで紋切型な表現をとっているのに「今後もさっぱりとした友人としておつきあい頂ければ」という自分側の注文には「こんな嬉しいことはありません」と、むしろ積極的に自分の感情を示しています。

これら二つの表現のちがいを読み比べた男性はこの手紙の真意をすぐ気づくことができるでしょう。ここがこの「断りの手紙」のうまさなのであります。

とも角、こういうふうに一寸した辞句のちがいが断り状の場合、どんなに大切かは

ほぼおわかりになって頂けたと思います。
要するに恋のプロポーズを受けた場合の断りの手紙は、

（一）できるだけ明瞭《めいりよう》に自分の心理を相手に伝え
（二）その責任を他に転嫁《てんか》せず
（三）相手の好意を認めながら誠実に返事をしたためる

ということにつきるようであります。

□相手の心理を乱す言葉遣いは避けて

「お手紙、いただきました。びっくりいたしました。私のことを今までそんなように考えていらっしゃるとは少しも考えていなかったものですから……。私のほうは全然、そんなよう（あなたが私を考えてくださっているよう）なことに気づけませんでした。そして好意はうれしいのですけれども、私の両親はこんなことにやかましいし、同じ会社の人からあれこれ言われるのはつらいので、余りお会いしないほうがいいと思います」

この手紙は、申しあげたような意味で断り状としては余りよい書き方ではありません。これでは男性としては相手自身の気持がどこにあるのか、摑《つか》めないのは無理もありません。

なぜなら恋の手紙を書いた男は文面から出来るだけ自分に有利な言葉を見つけよう、見つけようと考えています。そういう心理の男性に「御好意はうれしいのですけれども」と一応書いておいて、自分の断る気持を「両親がやかましい」「会社の人からあれこれ言われるのはつらいので」と言うように他人のせいにしてしまっている返事を読むと、

「それではそういう第三者の干渉がなければ、彼女は俺を好いてくれるのだナ」

そう想像しようとするのは当然すぎるほど当然というものでしょう。

この手紙を読んで我々が心得ておく必要のあることは、

① 多少でも相手の男性の心理をもう一度乱すような言葉遣いは避けて、断ることははっきり述べること。

② その断りの理由を他人や外部になすりつけないこと

――この二点なのであります。

□相手を傷つけまいと躊躇《ためら》ってはだめ

それではハッキリ断ろうと言うわけで彼を傷つけるような言葉を乱用してよいか。これはやっぱり決していいとは言えません。少なくとも彼があなたに好意や愛情を持ってくれたこと、それ自体はたしかに有難いことにはちがいないのですし、よしそれが有難迷惑であったにせよ、あなたは彼の人格を侮辱する権利は少しもないからです。

「お手紙、郵便箱に入っていたのをちょうど家に来ていた結婚している姉に見つかってひどく叱《しか》られました。今後、あのような手紙を頂くと迷惑しますから、絶対にくださらないようお願いします。それから、バスの停留所や駅などで私に話しかけられるのもお断りいたします」

これではまるで相手の男性を痴漢扱いにしているというべきです。もっとも相手が本当にイヤらしい痴漢的男性なら話は別でしょうが、しかしもし相手が少なくとも真《ま》面目《じめ》な真剣な手紙をよこしてくれたならば、ハッキリ断るにせよ、これでは余りに行きすぎであることは今更申しあげる必要もありますまい。

では、相手を傷つけずに、しかもハッキリとした断りの手紙を書くには一体我々はどうしたらよいのか。

その点を考えてみましょう。

相手のプロポーズを断る時の手紙に肝要なことは何よりも躊躇ってはいけないということです。

これはなにも手紙に限らず、口からのプロポーズを受けた場合、とかく日本の女性には、相手の心を傷つけまいという優しい配慮のためか、断ることに躊躇ったり、どっちつかずの表現をする人が今日でも数多くいるようです。そのために男性のほうでも摑みどころのないまま、あれは恥しいからそんな返事をしたのだろうとか、本当は俺のことを好いてくれているのだが、しかし内気な性格のため曖昧《あいまい》な返事をしているのだとか信じこんでしまうのです。そのために誤解が誤解を重ね、たとえ恋人とはならなくても良い友だちにはなれた男性と気まずい仲になってしまう例はよくあります。

相手のプロポーズを断る時の手紙もこの場合と同じように第一にハッキリ自分の態度を示す必要があります。

第十講　知人・友人へのお悔み状で大切な一寸《ちょっと》したこと

――相手の孤独感を溶かす、お悔み状のもっとも親切な書き方

□お悔みはむつかしい

知人や友人の家で不幸がある。そうした時のお悔みの言い方というものは、所謂《いわゆる》、結婚式や出産などのお祝いの時にくらべてむつかしいものです。言いにくいものです。白状しますとぼくなどもお葬式にいってお悔みを満足に言えたことがないような気がする。

これが相手がお芽出《めで》たい結婚式や就職試験に合格した場合などですと、相手自身が既に何でも許してくれる幸福な気分になっているのですから、これは言い易《やす》い。一寸したミスや無思慮な言葉でも大目に見逃してくれるようです。

「クイズに十万円当ったんだってなあ」

「ああ」

「それはおめでとう。こちとらにもいずれ御挨拶《ごあいさつ》があるだろうな」

「冗談じゃねえよ。すぐあんたはそれだからな」

「へえ。奢《おご》らねえつもりかよ。よし、みなに君のことをケチだと言いまわってやっからな」

　普通ならば失礼きわまるこんな言葉も相手は幸せな状態だから何を言われても決して悪くはとりません。知人や友人にお祝いを述べる言い方はこのように、楽なものであり、少しもむつかしくはない。

　しかしこれが逆転して不幸な状態にあったとしたらどうでしょう。

「奥さんを亡《な》くされたんだってねえ」

「うむ」

「そうか。そりゃ、気の毒だったなァ……しかしどうだ。本当は……長い御病気で君も随分苦労したからホッとしたろうが……」

「なにを、君、失敬な」

　こちらのほうは相手を慰めるつもりなのと、まあ、あまり人の口に出さぬことだが、本当中の本当のことを言ったのに、かえって友人の気持を傷つけてしまった。相手が不幸な場合ものを言うのは実にムツかしいものなのであります。だからぼくの友人で、知人に不幸などがある場合は、その家に行って、

「この度は……まことに……」

と言って頭をじっと下げるだけで、あとは決して何も言わないという男がいる。ところがかえってこの「……」という沈黙が彼の傷心を示しているようで、それで立派なお悔みの挨拶になっているのに、感心したおぼえがあります。

少し話が横にそれましたが手紙の場合も同じことでありましょう。実際、友人、知人の幸福を祝《しゅく》す祝いの手紙はそれほど書くのにムツかしくはない。ムツかしいのは不幸をいたみ、慰める手紙の方なのであります。

少し図式的な分析ですが、所謂、お悔み状の形式をそのまま見てみましょう。

書き出し……相手の不幸（災害）を知って驚いたこと
本文……同情の言葉
結び……激励

これが普通だれでも、お悔みの手紙として書く常識的なコンポジションです。

このコンポジションは決して悪くはありません。

しかし大切なことは、この項目をどのように書くかでありましょう。

普通、あまり手紙に無頓着《むとんちゃく》な人はこの項目のうち、第一の「相手の不幸を知って驚いたこと」が自分にとって一番、実感があるだけに、これを書くのに力を入れてしまいます。そして本文の同情や結びの激励の言葉を「気を落さないで下さい」とか「しっかり立ちなおられるのを祈っています」というような紋切型の文章を羅列して終るようです。これは必ずしもうまいとは言えません。

たとえば、次の例文を見てください。

「昨日、葉山から家に戻りましたら母が真青な顔をして玄関に転げでて来て、一時間前お宅から電話で則一君に不幸があったことを知らせてくれました。思わず足がガクガクとしてしまいました。自分は夢を見ているんだ、夢を見ているんだと言いきかせたほどです。しかしやはりそれが夢ではなく疑うべからざる現実であることを知らねばなりませんでした。彼の顔が今なお眼に浮ぶのです。

ましておじさま、おばさまのお悲しみひとしおのこととお察しいたします。お二人のお体にこれ以上障《さわ》りのないよう、どうか気を強く持たれるよう希望しています。近いうちにお伺いして則一君の霊前になぜ死んだんだと訴えたいと思いますが、とりあえずお悔みの御挨拶を申しあげます」

この手紙はいわゆる、

「この度、御令息の御不幸を伺い、痛心に耐えません。ふかくお悔み申し上げる次第です。御心中、如何《いか》ばかりかとお察し致しますが、ために御体にお障りなきよう。とりあえずお悔み申しあげる次第です」

というような所謂、月並みな心情のこもらぬ手紙に比べると、友人を失った当人の驚愕《きようがく》や苦しみがどこか滲《にじ》み出ていて、数段すぐれたものと言えます。

しかし百尺竿頭《ひやくしやくかんとう》一歩を進めるために、この手紙の欠点を考えてみましょう。

この手紙の書き手は「相手の身になって」という手紙を書く根本原則を今少し、考える必要があります。

悔みの手紙と言うのは文字通り相手の不幸を悔み、慰め、力を与えるのが目的であって、自分の苦痛や悲しみを相手に訴えるためのものではありません。

もちろん、自分の悲しみを訴えて相手を慰めるということもあるでしょう。しかしそれは第二、第三の方法であって「悔みの手紙」の第一の目的ではないことは確かです。

先ほども書きましたが、我々はとかくこの常識的な思いやりを忘れて自分にとって一番実感のあること（相手の不幸を知って驚いたこと、故人の思い出……）等だけを生々しく書きすぎる過《あやま》ちを犯しがちです。相手の方は既に書き手以上に苦しみや哀《かな》しみを受けているのですから、これを読めば更に傷口に指をふれられた感じがしないとも限りません。

悔みの手紙を書く場合、我々が注意せねばならぬのはこの点です。

悔みの手紙は繰りかえして申しますが、不幸な相手にデリケートな神経を使って使いすぎることはまずありません。相手を慰め勇気を与えることを本文の内容にしたいものだと思います。今挙げた例文がなかなか上手に書けているに拘《かかわ》らず、百尺竿頭、更に一歩をすすめて考えてもらいたいのはこの点なのです。

おわかりになって頂けますか。

それでは、どのように相手を慰めるのがよいのか。

□苦しみをわけ合うのが、すぐれた手紙

これはぼく自身の経験から言うと、お悔み状で相手を慰める場合は月並みな、おざ

なりの言い方で紙面を埋めないことです。

「元気を出して」とか「一日も早くたちなおって」とかいう表現はたいていのこの種の手紙にほとんど見うけられるものですが、これはお正月に「おめでとう」というぐらいの程度しか相手の気持にはピンときません。

ぼくはこういう場合、相手と同じような悲しみや苦しみをむかし自分が受けなかったかどうかを考えて、その時の思い出などを書くようにしています。

たとえば子供を失った知人には自分がむかし身内を失った時、どういうふうにたちなおろうとしたか、どういうふうにそんな苦しみを受けとめたかを書いてあげるとよいものです。

これは思いがけなくそういう不幸にであっている人々を慰め、力づけることができるように思われます。というのは人間は自分が悲しい時や不幸な目にあった時、どうしてか「自分だけがこんな悲しい目にあっているのだ」という心理になりがちなものです。

実際はどんな人間にも、どんな人生にも似たりよったりの不幸や悲哀が訪れがちなのですが我々はいざ自分がそういう破目になると、急に「自分だけがなぜこんな悲しい目をするのだろう」とか「自分だけが、どうして苦しまねばならぬのだろう」という孤独感に捕われるものだからです。

ですから相手のこの孤独感を我々ができるだけ溶かしてあげるのが、お悔み状のもっとも親切な書き方だとぼくは思っています。

「あなただけではなく、自分も同じような悲しみにあった」ことを相手に優しく知らせるのは一種の連帯感を相手に与え、その孤独から救います。

連帯感というようなむつかしい言葉を使いましたが、これはたとえばこんなことです。

病院に入院した人は多かれ少なかれ知っておられるものですが、たとえば手術をした患者の手を看護婦がじっと握ってやると、ふしぎに静かに眠りだすことがよくあるものです。

これは苦痛というものは今、申しあげたように孤独感をひき起すので、誰かに手を握られているだけでも、彼はその人が自分と苦痛をわけ合ってくれているという安心感がえられるからなのです。これが人間のもつ連帯感の原型だとぼくは言いたいのです。

話が少し堅くなりましたが、お悔みの手紙もこの連帯の情をしみじみと相手にわけ合おうとするのが、すぐれた手紙だとぼくは言いたいのです。

次の例文を見て下さい。

「長い御療養にかかわらず弟さまを亡くされたあなたの御心中、本当にお察ししています。お察ししています。――こう申しあげても、あなたのお苦しみが減るのではないことも重々、存じています。と、言いますのは私も三年前、子供の時から一番、仲良かった兄を不慮の事故で亡くした経験がございますの。その時はどなたから慰めて頂いても自分の心の空洞は誰にもわかってもらえないのだとそんな気がしましたの。今、私のあの時の痛みと同じ痛みをあなたが感じていらっしゃることが私にははっきりわかります。

辛《つら》いでしょう。でも私が三年前、頑張ったようにあなたも頑張ってね。時間に信頼なさいませ。むごいようですが結局、こんな場合、受けた傷をいつか治してくれるのは時のながれですのよ。今は眠れぬほど辛くても一年のちにはその辛さも幾分やわらぎますすわ……」

これはあるお悔み状の一部分を抜きだしたものですが、先ほど挙げた別の例文よりも一字一句に心がこもっていることは読むものにははっきりわかるでしょう。それは何よりも書き手がおざなりの慰め言葉や月並みの悔みの言葉で書かず、自分の経験や言葉で、相手の苦しみをわけ合ってやろうとしているからです。

どうです。このことが御理解頂けたでしょうか。

それからもう一つ、これは出来るようでなかなか出来ないことですが、

「お悔み状は最小限二回は出すほうが望ましいのです」

と、申しあげると変なことを言うとお思いのかたがおられるかもしれませんが、お悔み状は一回出した後、もうそれで終ったと思わず、一カ月か、二カ月ぐらいたってもう一度、葉書一本でよいから相手のその後の気持を案じた手紙を送れば、更に完璧《かんぺき》といえるでしょう。

一寸したことですが、こうした小さな心遣いが相手の心にはしみじみと響くものなのです。

第十一講　先輩や知人に出す手紙で大切な一寸《ちょっと》したこと
――一寸した手紙や葉書で人生は大きく変る

□印象をふかく与えてこそ、効果がある

旅先から、出張先から、また正月の年始状や暑中見舞など、目上の人や先輩や友人知人に一寸した手紙や葉書を書く場合が多いものです。

虚礼廃止という言葉が近頃よく言われて暑中見舞や年始状をやめるべきだと考える人もいるでしょうし、その考えにはその考えなりの理窟《りくつ》があるわけですが、しかし暑中見舞や年始状が虚礼とみられるのは、

謹賀新年

暑中御見舞申上候《そうろう》

こういう文字面《もじづら》だけの挨拶《あいさつ》が余りに多いからです。

正直の話、皆さんのところに新年の年始状がどさりと送られてくる時、それを一枚一枚ひっくりかえして、そこに、

「謹賀新年」とか、「暑中御見舞申上候」

ただこれだけしか印刷されていない葉書はやはり印象に余り残らないものでしょう。いかにも義務的で習慣的で、まあ出さないよりはマシかもしれませんが、やはりここには虚礼という感じが何処《どこ》かつきまとうような気がします。

ということは――

逆に我々が書き手になった場合、「謹賀新年」や「暑中御見舞」だけでは相手にあまり読んでもらえないと言うことになるのです。悪くすると折角の葉書もクズ籠《かご》の中にポイと放りこまれる運命になるかもしれない。

「クズ籠に放りこまれてもいい。読まれなくてもいい」

という人ならば仕方がない。しかし大部分の人は自分の折角、投函《とうかん》した葉書がポイと捨てられていい気持はしない筈《はず》です。あなただって自分の年始状や暑中見舞が相手に印象を与えてこそ送った甲斐があり、効果があるとお思いになるでしょう。思わぬ人はよほどツムジ曲りだ。まして相手が上役や先輩なら、こうした葉書一枚であなたの名や顔が憶《おぼ》えられ、出世の一助にならないと誰が保証しましょう。

ではどうすればよいのか。

それはなにもムツかしくはない。この一寸した年始状や暑中見舞をたんに月並みな平凡な文字の羅列にせず、相手に「印象を与える」ような方法を考えるべきです。

これは手紙の場合だけには限りませんが一寸したことによって相手の印象をふかくしたために、人生の路《みち》が変った例は少なくありません。もっとも「印象を強くせよ」という言葉をとんでもないことをせよと言う意味にとってもらっては困る。たとえば、銀座をサルマタ一枚で、デベソをピシャピシャ叩《たた》きながら歩いてごらんなさい。なるほど周りの人にはまことに印象の強い光景ではありましょうが、豚箱入りは必定である。

□女優の興味を引き、成功したファン・レター作戦

しかし、ある日本の男でこういうファン・レターを送って成功した例があります。名前は申しませんが映画界では第一線のある女優にすっかり魅せられた彼は、どうせファン・レターを書いても、一束いくらで売られると考え、人とはちがった戦法を思いつきました。

この男は三十枚の葉書を買いこみ、それに、

「十一月三日、あなたの身辺に必ず、思いがけぬことが起ります」

それだけを書いて、この女優に送ったのであります。

始めのうちはこの葉書は彼女のマネージャーか、映画会社の宣伝課によって握り潰《つぶ》されていたようでありますが、十回、十五回となると、次第に注目を引き、話題になっていったらしい。

当の女優にしても（大体、映画界の人は占いや予言やジンクスが好きなものですから）「十一月三日、あなたの身辺に必ず、思いがけぬことが起ります」と書かれれば、どうせ、悪戯《いたずら》だろうと思いながら、何か気にかかり、好奇心も起き、興味も湧《わ》いてきた。

十一月一日ごろから手紙の言葉が少しずつ、変ってきました。

「いよいよ。明後日《あさって》です。明後日をお忘れなく」

その翌日になると、

「あと一日。なにが起るでしょうか」

そしてその十一月三日には、彼女自身がソワソワとして彼の手紙を待っていたのであります。

この三日に彼は初めてファン・レターを書き、是非「あなた自筆の返事を頂きたい」という言葉を忘れませんでした。結果はどうであったか。

結果はみごと成功でした。大体、女優のファン・レターの返事は誰かの代書と相場もきまっているようですが、この彼は五円葉書、三十枚のわずか百五十円の投資によって本物の返事を手に入れたのである。

この話は創作でも何でもない。彼という男はほかならぬこのぼくの学生時代のことだからです。

ところが一般のファンはどうでしょう。不幸にしてぼくは未《いま》だ、映画女優と文通した経験がないので一般のファン・レターの形式は知りませんが、我が家のお手伝いさんが、*石濱アキラという青年俳優にせっせと手紙を書いているのを見せてもらったことがある。するとそこには冒頭から、

「石浜さん、お元汽（気の間違い、原文のママ）ですか。わたしも元汽で動いて（働いて？　か）いますから御安心下さい」

と述べてあった。

これではダメだとぼくは思いました。石濱アキラ氏は我が家のお手伝いさんとは一

面識もないのだから、彼女がいくら「わたしも元気で動いていますから御安心下さい」と述べても安心どころか無関心にしかならない。労多くして功少ない。これは気の毒だが返事はくるまいとひそかに考えていましたら、案の定、石濱アキラ君からぼくの家のお手伝いさんには一通の返事も来ず、彼女は「石濱アキラなんて大嫌い！」と叫び、その日から*ズル田コウジ氏のファンに転向してしまった。

しかし、これは石濱氏が悪いのではない。彼女の手紙が悪いのでありましょう。

□わずかの出資で、二百倍の効果

話はもとに戻りますが一寸した手紙や葉書の書き方は、相手から屑《くず》籠にポイと入れられないようにすることが肝要なのです。その受けとり人に「印象を与えて」こそ、葉書や手紙を送った甲斐《かい》があります。

＊石濱朗（いしはま・あきら　一九三五〜）
俳優。東京都生れ。一九五〇年代〜七〇年代にかけて、数多くの映画に出演。

＊ズル田コウジ
俳優の鶴田《つるた》浩二《こうじ》（一九二四〜一九八七）の名前をもじったもの。静岡県生れ。一九四〇年代後半〜八〇年代に活躍。

それにはどうすればよいか。

ぼくの友人でK君という人がいます。この男はほとんど普通の人のように暑中見舞や正月の年始状は書かない。こうしたものは書いても、あまりに習慣的であり、相手の人に虚礼とみなされ易《やす》いことを知っているからであります。

その代り、彼はいつも一冊の小さなノートを用意してある。そのノートの中には、先輩、知人、友人の誕生日や、その人たちの子供の生れた日やその名前がチャンと月毎《ごと》に記入してあるのであります。

たとえば六月の項をみますと、

六月一日　井沢君誕生
六月五日　明子さん、誕生
六月十二日　山岡先輩、令息（正太君）誕生
六月二十四日　相沢氏の命日

こういうふうに細かに月と日毎に先輩友人知人の誕生や命日を書いたノートによって、彼は葉書を通勤の途中、電車を待つホームで書いて投函《とうかん》するのであります。それ

も別に手数はいらない。ただ、

「今日はあなたのお誕生日ですね。おめでとう」

この一行だけなのです。ぼくもこのK君から毎年、この葉書をもらうのですが、この葉書はいつも嬉《うれ》しく思っています。「ああ、彼はぼくの誕生日を憶えていてくれた」そう思うだけで、いわゆる年始状や暑中見舞よりも遥《はる》かに心に残るのは当然のことと言えましょう。

これです。一寸した手紙や葉書を送る時のコツはこれなのです。

ある有名な大会社の社長がジャーナリストに「あなたの活躍の秘訣《ひけつ》は」ときかれて「私の秘訣はどんな知人部下でもその顔をみればすぐ名前を口に出せるように努力したことだけだ」と答えたという出世談は少し通俗的ですが、しかし手紙を書く場合は、応用できる教訓なのです。相手の名前を憶えるということはなんでもない一寸したことでしょうが、この一寸した努力が相手に「社長は自分の名をはっきり憶えてくれている」という嬉しさを与えます。

K君の場合はこの努力も相手の誕生日に一枚の葉書を出すという一寸した行為だけで、効果をあげていると言えます。彼は暑中見舞や年始状の代りに遠い知人、友人の誕生日に一枚のお祝い状を送っては悦《よろこ》ばれています。

このコツは別に誕生日だけとは限りません。頭を働かせば別のことにも使えるものなのです。

たとえば、あなたがガール・フレンドの山田さんと話をしていたとします。その話の中で山田さんが偶然、奥日光の風景をほめたとします。あなたはノートに山田さん（奥日光）と書いておいて、いつか奥日光に出かけた時、そこから彼女に絵葉書を送ってごらんなさい。わずか十円か五円の出費でその百倍、二百倍の贈りものを送った時と同じほどの悦ばれ方をするのです。

結論として次のことを書いておきましょう。

（一）一寸した葉書や挨拶状や手紙こそ相手に印象を与えるよう注意すべきである

（二）書く前に相手の趣味や経歴などをよく考え、それらによって悦ばれるようにすること

（三）年始状や暑中見舞より案外、季節はずれの、思いがけない一枚の葉書が相手の印象に残ること

以上、三つの箇条書を組みあわせて使うのがコツといえるでしょう。

最終講　手紙を書く時の文章について、大切な一寸《ちよつと》したこと

——手紙を書く時の文章で気をつけたいこと

今までぼくは手紙を書く場合、それぞれの状況に応じての心がまえをお話ししてきました。

そこで今度は少し話題を変えて、手紙を書く時の文章について簡単に考えてみたいと思います。勿論《もちろん》文章についてなどと申しましても、これは決して文章の書き方についての講ではありません。読者の方は別に文章をもって仕事とする著述家でも小説家にでもなる必要はないからです。ここではただ、手紙を書く場合、どなたもが一応、考慮されてよい幾つかの事項について述べるだけです。

□一、短文法の効果

日常会話の場合でも、中年の奥さんがよく路《みち》ばたで知りあいの女性に出会った時ど

ういう話し方をするか、一度よく聞いてごらんなさい。

「まあ、こんな所でお会いするなんて。いえ、あなた、この前お目にかかりましたのは尻赤《しりあか》さんのお嬢さまの結婚式の時でしたかしら、本当にあの時は可愛《かわい》い花嫁さんでしたわ。けど、それがあなた、あのお嬢さまも今じゃ赤ちゃんがお出来になったそうでその赤ちゃんのおツムにもお尻にもブツブツができてどんな塗薬をつけても治らないんですから言葉通り赤尻で、あたし思いますのにひょっとすると御主人がわるい病気じゃないかしら、もちろん奥さま、他の方にお話になっちゃイヤですわよ。なんだか結婚式の時の可愛らしいお嫁さんだっただけにお気の毒で、ええその式のとき以来、ごぶさたばかりして本当に申し訳ございませんでした。お怒りにならないで下さいましヨォ」

これは少し極端な例でしょうが要するにダラダラ「久しぶりだった」ということをアッチにそれコッチに折れ曲り、さながら金棒引の婆《ばあ》さまのように真直《まっすぐ》、目的地にたどりつくことがない。

これほどではなくても、とも角ダラダラとした語り口をそのまま手紙に書く人が（特に女性の文章には）思いがけなく多いものなのです。

「昨日は信ちゃんと映画を見にいったのですが二時にあたしは用があって先に家を出て、信ちゃんと尾張町の服部《はっとり》の前で待つという約束をしたので一時半には銀座のアスターでおみやげにシューマイを買ってそれから三枚に一寸よって二時きっかり服部の前に行ったのに信ちゃんはまだ来ていませんから二十分も待たされて前にもひどく待たされたことがあったから私もさすがに堪忍袋《かんにんぶくろ》の緒が切れてこのまま帰ろうかと思ったのですがもうあと五分だけ待ってみようと我慢していたらむこうから信ちゃんがのんきな顔をしてぶらぶらとやってきたのです。そんなわけで帰りが三十分もおくれてあなたに会えなくて家に戻ってからあなたがいらっして残念そうにかえられたと聞いて本当に残念でした」

＊尾張町の服部
尾張町は、現在の銀座四丁目交差点。尾張町角の服部時計店（セイコーの前身）は、明治時代半ば以降の銀座のシンボルだった。
＊銀座のアスター
昭和元年創業の中華料理屋。モガ・モボがそぞろ歩く銀座の町に生れた。
＊三枝（さえぐさ）
三枝は、三枝商店。当時、現在の銀座三丁目付近にあった高級洋品店。

読みようによっては情況こまやかなと言えないことはありませんが、ともかくダラダラとして「あんたは何を言わんとしとるのか！」と途中で叫びたくなるような文章です。

こういう文章は勿論極端な例として出したのですが、ぼくの経験上、思いがけなく中年以上の女性にこの手のおシッコのようにダラダラした文章を手紙で書いてくるのに気がつきました。

これにたいして女子中学生や女子高校生の手紙となりますと、この手のおシッコ的ダラダラとはちがって、雪の上を犬がポツ、ポツと尿を洩《も》らしながら逃げたようである。

「チャコ。素敵。とってもシアわせ。（オ・ホ・ホホ）銀座で遠藤周作に会ったの。美男子。眼がクラクラ。（オ・ホ・ホ）」

前のダラダラ文章と比較して頂きたい。

ダラダラ文章はある情趣もあって一概に否定しがたいのですが、どうも読む相手に書き手の頭があまり良くないのではないかと思わせる欠点があります。酒のみが悪酔いをすると急にロレツがまわらず、このダラダラ話法を使うように、文章が牛の涎《よだれ》のようであると、どうも論旨が明快でなくなる。それを書いた人の頭が整理されていないような感じを与える。

そこでぼくとしては手紙のうちでも、相手に自分の考えや願望を婉曲にいう必要のない手紙には特に短文形式を採られることをお奨《すす》めします。勿論この短文というのは先ほど馬鹿馬鹿《ばかばか》しい例として挙げた女子中学生的な手紙の文章ではありません。あれは短文形式ではなく点文形式とも言うべきでありましょう。

日本語というのは英語や仏語とちがって主語の次にすぐ動詞や述語がきません。「私は行く、東京に」という英仏語式の言い方は、主語の次にすぐ助動詞もしくは動詞（述語）が入りますから、この主語と動詞を耳にしただけで大体、どのようなことを、今から言おうとしているかがわかります。つまり構文の構造が最初から論理的なのです。

これにたいして、日本語は御存知のように主語のあとに動詞（述語）がまいりません。「私は」と息をきったのち「東京に」という補足語が入り、次に「行く」という述語がくる。だから時間的にも最後まで文章全体を耳にしなければ文意がわからぬという非論理的な欠陥を持っているのです。

それだけではない、我々の日本語は「ない」とか「ある」とか言うような否定、肯定の助動詞も語尾につく（私は失恋したのではない）ので最初の言葉を聞いただけでは、これが肯定文か打消文か、誰にもわからないのである。

話は一寸、横にそれますが、ぼくは留学時代、よく日本から来た商社の人の通訳をやってアルバイトの金をえていました。ところが、この通訳で一番こまるのはこの語尾に肯定がつくのか否定がつくのか最後までわからぬ点なのである。特に補足文のダラダラ長い人になると、前の文章は忘れてしまうし、日本語が論理的でないことをいつも感じさせられたものでした。

そこで、我々はただでさえ、論理的でない日本語を使うので、もし補足文をダラダラ長くすると、それを書いている者の頭の悪さを感じさせる欠点が生れます。

ぼくはさっき、婉曲《えんきょく》にものを言う必要のある手紙（たとえば友人の借金申込みをやんわり断るような手紙）以外は短文法を使うことをお奨めしたのはそのためです。短文で成り立った手紙はそれ自体で読んでいても歯切れもよく文全体の構成さえ一寸考えれば、読み手にも、すらすらと文意が叩《たた》きこまれるからです。

短文法を使うのには別に労はいりません。「ので」とか「から」とか「ゆえに」とか「の時に」というような文と文をつないだ言葉をできるだけ消して補足文や補足語をちぢめるように気をつければよいのです。

□二、短文形式を使わぬ場合

短文形式はこのように歯切れもよく、自分の言わんとするところをストレートに相手にのみこませるに都合が良いのですが、その文章の調子が男性的になりがちなため、婉曲にものを言わねばならぬような手紙に不向きな場合もあります。

たとえば、あなたが友人から借金の申込みをうける。あなたも懐《ふところ》具合がちょうど悪い時だったので、相手の気持を傷つけないように断りたいと思う。

こういう「断り状」などに短文形式を使いますと、なるほど言わんとするところはハッキリと通ずるが、どうもハッキリすぎていけない場合がある。

「御手紙の件、色々考えました。やはり駄目です。申し訳ないがこちらも手もとが不如意《ふにょい》だからです。

そういうわけで御期待にそえない。堪忍してくれたまえ」

これは短文形式のポンポンものを言う言い方です。ポンポンものを言ってこちらの理由は相手には明快に通じますがどこか優しさ、思いやりがないと思ったら、一度、これをダラダラ文にわざと変えてみるのも一つの方法でしょう。

つまり、接続詞や補足文、補足語、形容詞、副詞などをできるだけ多く使ってみるのです。

そこで今挙げた文章を書きなおしてみます。

「御手紙の件、ぼくも色々方法を考えたのですがやはり駄目なようなので。駄目なようなので、などといえば折角の、君の依頼にたいし申し訳ないが、こちらの手もとも近ごろ急に不如意になってしまったのが本当の事情です。そんなわけで御期待にそえずぼくとしても心苦しいがどうか、気を悪くしないで堪忍してくれるよう祈る次第です」

要するにさっきと同じことを言っているわけですが、補足文、補足語、形容詞、副詞を沢山放りこむと、同じ断りの言い方も婉曲に間のびがしてきます。短文形式がいわば男性の言い方だとすれば、これは関西的な女性のまわりくどい表現法といえましよう。

しかしこのダラダラ文は婉曲にものを断るような手紙の場合でもうっかり濫用《らんよう》するところの真意が相手に通じなくて、思いがけない誤解をまねく場合もありますから、ほどほどの使い方をして頂きたい。

天国からの贈りもの

山《や》根《ね》道《みち》公《ひろ》

「遠藤先生の未発表原稿が偶然、見つかったんです」

その電話は海竜社の若い編集者、美野《みの》晴代さんからだった。そこで、光文社の編集者だった桜井秀勲《ひでのり》氏に預けられたまま四十六年間も埋もれていた原稿が奇跡的に発見され、美野さんの手元に届いた経緯を知らされた。

私は、こんな不思議なことが本当にあるんだと驚愕《きょうがく》していると、今度はやはり海竜社から連絡を受けた遠藤順子《じゅんこ》夫人から電話をいただき、「主人がこんな文書を書いていたのを目にしたことがあるかしら」と問われ、次いで一枚のFAXを受けとった。それは、タイトルはなく、「一寸《ちょっと》したことだけれども……」という最初の章の見出しの後、「十頁《ページ》だけ読んでごらんなさい。十頁たって飽いたらこの本を捨てて下さって宜《よろ》しい」という実にユニークな書き出しではじまる原稿であった。

私は順子夫人に、それが自分の知るかぎり、どの本にも入っていない、はじめて目にする文章であることを伝えると、「主人はまたこの記念の年に天国から皆さんを驚かすわね」と、この十年の間、幾度もそうした、天国から遠藤氏が働いているとしか思われない不思議な出来事を経験されている夫人らしく話された。

ちょうどその数日前に、今回の原稿発見に関わった編集者の美野さんと初めて会ったばかりだった。美野さんは遠藤周作氏の新刊本を出すための企画の相談に、岡山の私の勤める大学の研究室まで訪ねて来られたのだが、話しながら、美野さんが「遠藤先生の本を出したい」との願いを抱いて出版社に就職したというほどに遠藤氏への熱い想《おも》いをもつ人であることもわかった。

そこで、私はこの十年に刊行された遠藤氏の新刊本を並べ、「作家が亡《な》くなった後、当然、新たな原稿を本にすることはできないのだから、新しい本を出すには、これらのように単行本未収録の文章を探して集めるか、既存の文章を新たなテーマで編集するしかないでしょうね」と話した。そして「新しいテーマで編集するというのであれば、遠藤氏とお母さんに焦点を当てるのは」と話が進み、美野さんも「それがいいですね」と賛同され、「『母と私』というようなタイトルで本を作りましょう」との結論にいたった。ちなみに、その企画は『落第坊主《ぼうず》を愛した母』の題で遠藤氏の帰天《きてん》十年の平成十八年九月二十九日の刊行をめざして進められている。

没後十年の記念の年にふさわしい、天国の遠藤氏に喜んでもらえる本を作ることを心より願って美野さんと私は語り合っていた。そんな美野さんに四十六年も埋もれていた原稿が渡って本になるという奇跡のような出来事が起こったのだ。「天国の遠藤先生からの贈りものとしか考えられないです」との美野さんの言葉に接したとき、私も確信にも似た想いで同意しないではいられなかった。

その四十六年前に書き下ろされた原稿は、今でも決して古さを感じない、新鮮な感動と共感をもって読むことができるものであった。それを読み味わいながら注目すべきだと思われた点を次にあげ、本書の書かれた背景や作品の意味について解説したい。

まず一つは、この原稿の書かれた時期である。この発見された一八五枚の原稿には七回の受け取りの日付の記入があり、最初が昭和三十五年四月五日で、最後が昭和三十五年九月五日である。

昭和三十五年四月といえば、遠藤氏が肺結核を再発して東大伝染病研究所病院に入院した時期である。遠藤氏は、その十年前の昭和二十五年にフランスに留学し、肺結核を患《わずら》って二十八年に帰国している。その後、一年ほどの自宅療養の後で体調が回復し、作家として出発する。昭和三十年には「白い人」で芥川《あくたがわ》賞を取り、順子夫人と結婚、翌年には長男が誕生する。そして昭和三十三年には、『海と毒薬』で新潮社文学賞、毎日出版文化賞を受賞し、文壇的地位を確立して、中堅作家としてこれからという時の結核再発での入院であった。

そうしたなかで若い妻と幼い息子の生活を心配し、長期入院の費用や作家としての自分の名が忘れられないようにとの思いからも、ベッドの上でできる仕事は最大限やっていこうと懸命に書いていた原稿のなかの一つが、今回発見された原稿であったと考えられている。この入院した年には、ユーモア小説「ヘチマくん」の新聞連載をはじめ、十本の短篇小説と多くのエッセイをベッドの上で執筆している。そのなかで、『不作法随筆「狐狸庵《こりあん》閑話」』(「内外タイムス」七月三日〜八月十六日、『ぐうたら好奇学』所収)というユーモア随筆がすでに入院三カ月後すなわち、今回発見の原稿と重なる時期に書かれている。

遠藤氏は、誰にも言えない心の辛《つら》さを隠すためにおどけたり悪戯《いたずら》をするようになったと、後に少年時代を思い出して語り、また、ユーモアは他者と結びつこうとする愛のあらわれであるともあるエッセイで述べている。そうであれば、結核再発による苦しい入院生活の心の辛さから、そしてその孤独のなかで他者との結びつきを求める愛のあらわれとして、狐狸庵ものと言われるユーモア随筆が書かれはじめたと考えられよう。

今回発見された原稿も、そうした狐狸庵ものの先駆けをなす作品であり、退院後、旺盛《おうせい》に書かれる狐狸庵エッセイの特徴が明らかに見いだせる。例えば、その特徴の一つに、真面目《まじめ》な話が何かのきっかけに糞尿譚《ふんにようたん》などの話に変わっていく点があるが、本書にも突如として便秘をたとえにした話などがでてくる。

ところで、遠藤氏がこのように入院中のベッドの上で原稿を書いているという個人的な事情については、この文章のなかで一切触れられていない。しかしながら、その状況を知って読むと、入院中の孤独な氏の辛い思いがそっと込められている文章に出会う。

例えば、手紙を書く時、相手のことを心に思いうかべる例として、

「病気で長く寝ている友人なら……まずほら、ベッドが浮びます。(中略) 夜も病気の不安でねられないのです。そんな彼には慰めにみちた言葉と、思わず心を朗らかにするようなユーモアとが必要だ」

と、病気の自らが心から求めているものを暗に告白している。

また、第五講の「病人への手紙で大切な一寸したこと」では、

「あなたが病気をした時のことを考えて下さい」

と言って、見舞客について、本当に心から心配してきてくれた友人はたとえ手ブラであっても心を悦《よろこ》ばせてくれるが、義理で来る見舞客は大きな花束をかかえていてもその言動が形式的で、心のどこかに寂しさが残ると述べ、病人への見舞状について、「(一) 月並み文句は書くな (二) 病人をイラだたせ、ヒガますことを書くな (三) 病人に同じ病気の人の不幸を書くな、同じ病気の人の全快を知らせよ」

と読む側の病人の心理への細やかな配慮が述べられており、自ら病人として身に沁《し》みて実感していることがさりげなく語られている。

さらに、第十講の「知人・友人へのお悔み状」の章においては、不幸や悲哀が訪れた者は「自分だけがなぜ」という孤独感にとらわれ、それを救う例として、手術をした患者の手を、看護婦がじっと握ると、ふしぎに静かに眠りだすことをあげ、この苦しみを分かち合おうとする連帯感が「人間のもつ連帯感の原型」であると語られている。

この看護婦が手を握る話は、やはり同じ病床で書かれたエッセイ「秋の日記」(『聖書のなかの女性たち』)にも詳しく語られ、そこでは、その苦しみを分かち合おうとする連帯感は、キリストが人間の苦しみや孤独を自分に引き受けようとする連帯感とも重なるものとして捉《とら》えられている。そうした苦しみを分かち合う連帯のテーマは、病床から復帰後の『わたしが・棄《す》てた・女』にはじまり『深い河』まで遠藤文学の根底を貫くものである。

次に、この原稿を読んで興味深く思う二つ目のことは、手紙の書き方を解説していながら自《おの》ずと遠藤氏の文章作法が語られている点である。ちなみに、遠藤氏には自らの文章作法をこのようにまとまった形で書いたものは他にはなく、その点でも本書には特別な価値がある。

まず、手紙の書き方の第一原則としてあげられているのは、「読む人の身になって」という書き手の姿勢である。遠藤氏は「純文学は誰のためでもない、自分自身のために書いているんだ」とよく言っていたといわれるが、逆にいえば、純文学以外の文章、ユーモア小説や狐狸庵エッセイなどは、読む人を思いうかべ、その人の身になってその読者のために書いたといえるのではなかろうか。例えば、今回の原稿の前年に、初めて新聞に連載したユーモア小説『おバカさん』では、中学生や高校生をたえず心にうかべることで、読者のイメージをはっきりさせて書いたと語っている。

また、遠藤氏が作家としてどのような文章修行を行っていたかも語られていて注目される。氏が作家になりたての頃、文章が下手で、友人や先輩や批評家からもその点はいつも指摘されていたという。実際に、初めて書いた小説「アデンまで」が「三田文学」に発表されたときには、三田文学同人の合評会で文章について酷評されている。

遠藤氏は、十八歳の時に校友誌「上智《じょうち》」に載せた文章が「形而上《けいじじょう》的神、宗教的神」という宗教哲学的な小論文であったことからも明らかなように、初めは哲学的分野に関心をもち、そこからフランスのカトリック文学へと関心を広げ、さらに日本の現代文学にも視野を広げて評論を書いていたユニークな経歴の青年であり、もともと作家をめざすために文章修行をしてきた文学青年であったわけではない。それに加えて、作家を志してからも、フランスやイギリスのカトリック文学を中心とした外国文学に学びながら、日本の現代作家としては特異といえる宗教的な深いテーマ性のある作品を、凝った構成で書き上げており、そのテーマや構成の力には自信があったようであるが、その分、文章の表現力においては修行の必要性を感じていたようである。

そうした文章修行の一つとして、遠藤氏が八年前の作家になりたての頃から自分で考案し、やってきた方法として勧めているのが「ようなゲーム」である。これは例えば、「大きな太陽が屋根の向こうに□のように沈んでいく」という文章の□に、手アカによごれていない新鮮な言葉を入れるゲームである。そして、このゲームをくりかえすと、小説の読み方が違ってきて、プロの作家がどのような表現を使っているか、関心をもつようになるという。これらは遠藤氏の作家としての文章修行の苦心が具体的に語られて意義深い。

また、遠藤氏が初めて小説を書き出した頃に先輩作家から教えを乞《こ》い、夏の暑さを描写するのには「影を描け」と教えられ、抑制法と転移法を学んだという文章作法の話がでてくる。実際に、先輩の柴田《しばた》錬三郎《れんざぶろう》から、初めて書いて酷評された先の小説の文章に筆を入れてもらい、実作者としての文章作法を教えられた日のことを、遠藤氏は感謝の気持なしには思い出せないと語っている。

ちなみに、作家の加藤宗哉《むねや》氏が遠藤氏の思い出を語る『遠藤周作　おどけと哀《かな》しみ』のなかでは、三田の学生時代に加藤氏自らの書いた小説を、当時「三田文学」の編集長だった遠藤氏に見てもらい、〈暑さ〉を描くには〈カゲや〉と教えられたとあるが、それはまさにここに出てくる遠藤氏自身が先輩から教えられた文章作法を、小説を書く上での極意として後輩に伝えたことだと知られる。

そうした抑制法の例として、

「感情をあふれさすより、それを抑制して、たった一すじ眼から泪《なみだ》がこぼれる方がはるかにその感情をせつなく表現するものです」

とあるが、実際に、例えば『沈黙』のなかの「踏絵の基督《キリスト》」の眼差《まなざ》しの泪や、『母なるもの』のなかの母の泪など、その抑制法が遠藤文学の随所に使われていることが思い起こされる。

その他にも注目されるのは、心に届く手紙の書き方を教えていながら、同時にその一部が恋愛論になっている点である。遠藤氏はこれ以前に『恋愛論ノート』『恋の絵本』など、恋愛の男性心理や女性心理をユーモラスに語る恋愛論を書いており、本書にはそうした男女の恋愛の心理が随所で語られている。

本書を読み終えて、遠藤氏が晩年に敬愛していたマザー・テレサの、「神は私たちが小さいことに大きな愛をこめて行うようにと創《つく》られました。たいせつなのは、どれだけたくさんのことや偉大なことをしたかではなく、どれだけ心をこめたかです」という言葉が私には思い起こされた。本書は、手紙の書き方を語りながら、実は人生に本当に大切なことは何かを教えてくれているのではなかろうか。それは、「読む人の身になって」という、他者の心を思いやる愛である。ちょっとしたことだけども、葉書一枚を相手の心を思いやって書く、そうした小さなことに大きな愛をこめて行うという生き方が日常のなかでできたら、きっとあなたの人生は変わりますよ。そんな人生を幸せに生きるヒントを、人と人との絆《きずな》が希薄になりつつある現代の私たちに遠藤氏が天国から語ってくれているのではないかと思われるのである。

遠藤氏のこのような想いの込められた本書は、遠藤氏が亡くなり、もう二度と氏の新しい作品を読むことなどできまいと思っていた遠藤文学の愛読者にとって、帰天十年の記念の年に遠藤氏から届けられた最高の贈りものにちがいない。そうした天国からの贈りものを手にすることのできる幸せを、一頁一頁嚙《か》みしめながら読み味わいたい作品である。

（平成十八年八月記）

＊

三年前に天国からの贈りものの未発表原稿が本となって刊行されると、すぐに大きな話題となり、丸善本店でベストテン入りするなど、十頁読んで飽きられることなどなく多くの読者を惹《ひ》きつけた。そこには、没後十年に四十六年も前に書かれた未発表原稿が見つかったという話題性はもちろん、その内容にも電子メールなど利便性ばかりが重視される現代にあって、何か大切な忘れものに気づかせてくれる今日的なメッセージ性のあることが注目されたのではなかろうか。それにしてもこの奇跡の発見といえる原稿を読むことのできる喜びの輪が、今回の文庫化でさらに多くの読者に拡がっていくことは、この原稿にまつわる不思議さを知る者として嬉《うれ》しい限りである。

ところで、この未発表原稿が見つかったことがニュースになった二〇〇六年八月五日は、偶然にも軽井沢高原文庫において開催中の「復活した遠藤周作と狐狸庵《こりあん》展」のイベントの行われる日であった。私が岡山からそちらに向かう新幹線のなかでもそのニュースは流れ、これも天国からの計らいにちがいないと想われた。

「復活した遠藤周作」といえば、文学展のタイトルとしては大変ユニークであるが、その言葉から、遠藤氏の追悼ミサの説教のなかで、氏が戦友とまで呼んで共に日本人に実感のもてるキリスト教を求め続けた井上洋治神父が「天国に行っても遠藤さんは本当によく働いてくれている」としみじみと語ったことが想い起こされた。

思えば、遠藤氏の最後の純文学作品『深い河』には、遠藤氏の晩年の最大の関心事であった、肉体の死の向こうに何があるか、無か、転生か、復活か、といった問題が込められていた。その問題に対して遠藤氏は、肉体の死は終わりでなく、死後も永遠の命の次元があって、そこに復活してそこから地上に働きかけていることを、今回の未発表原稿の発見をめぐる出来事を通して伝えてくれているのではないかと思わずにはいられなかった。

そうであれば、実際に今も遠藤氏が地上の私たちに天国から働きかけている証《あかし》としての、氏からの贈りものはこの三年間もさまざまにあったといえる。

まず、没後十年の九月二十九日の帰天日には「遠藤周作さんをしのぶ会」が東京會《かい》舘《かん》で開かれ、天国の遠藤氏との交流を願うゆかりの人たちや遠藤ファンが七百人も集まった。私はそこで遠藤氏が「小説家になるべき種を植えてくださった」という大連小学校に通っていたときの恩師久世宗一先生の二人の娘さんに出会い、先生の遺品のなかに遠藤氏の小学生のときの詩や作文があると教えられ、それが新たな発見の契機となった。また、半年後には、母をはじめ大切な人たちから留学中の遠藤氏が受け取った手紙の束を保管していた箱が氏の父の家で見つかった。これらの天国からの新たな贈りものというべき新資料はニュースにもなって話題となり、没後十一年の帰天日より町田市民文学館で開催された「遠藤周作とPaul Endo—母なるものへの旅」展で公開された。

また、没後十年の帰天日には、天国の遠藤氏も喜んでくれるだろう二冊の本が刊行された。一冊は氏の愛した母との絆《きずな》をテーマにした小説やエッセイを集めた『落第坊主を愛した母』（海竜社）。もう一冊は氏が心の故郷と呼ぶほどに愛した長崎をテーマとして芸術新潮編集部が編集した『遠藤周作と歩く「長崎巡礼」』（新潮社）である。

その時期から現在に至るまで、新たな対談集『対話の達人、遠藤周作Ⅰ・Ⅱ』（女子パウロ会）、新たな編集の狐狸庵シリーズ『狐狸庵交遊録』『狐狸庵食道楽』『狐狸庵動物記』『狐狸庵読書術』『狐狸庵人生論』（河出文庫）をはじめ、氏の新刊、復刊が相次いでいる。これらは、以前からの遠藤ファンを喜ばせ、また新たな若いファンを増やしている。

遠藤ファンの広がりのなかでも、没後四年の二〇〇〇年に「人間の弱さや哀しみに対する共感という遠藤文学のテーマが二十一世紀にも受け継がれるように」との願いから、「それぞれの立場を超えて遠藤文学体験の共有」を目的に発足した氏のファンクラブとしての「周作クラブ」が注目される。作家の没後にファンクラブができるのも珍しいであろうが、若者から高齢者まで幅広い年齢層で年々会員数を増やし、現在は五百人を超えるほどに発展している。そうした人たちと接すると、その多くが今も遠藤氏との関わりを人生の宝のように大切にし、遠藤文学を心の支えにしていることがわかる。

また、生前の氏をほとんど知らない若い学生たちのなかにも卒論や修論で遠藤文学を取り上げる者は多く、それを生涯の研究テーマにしようとする者も少なくない。そうした状況を受けて、没後十年を機に全国の遠藤文学の研究者と研究を志す若い人たちが結集した「遠藤周作研究会」が発足した。三年目の今年においては、「遠藤周作学会」に改名し、さらなる発展を目指している。

さらに、没後十年の年には遠藤氏の『王妃マリー・アントワネット』を原作にしたミュージカル「マリー・アントワネット」(東宝)が初演され、その後、日本から世界に発信するミュージカルとして、ドイツでも公演され、好評を博している。また、二〇〇七年にアカデミー賞を受賞したマーティン・スコセッシ監督が、生前の遠藤氏に会った十七年前から切望し続けてきた『沈黙』の映画化が、今年ロケ地もニュージーランドに決まり、来秋の公開を目指して動き始めたことが伝えられている。没後十年を越えても海外にまで広がる遠藤文学の影響力は、ノーベル文学賞に幾度もノミネートされたという国際作家の証といえよう。

遠藤氏が天国から働きかけているのではないかと想わせる遠藤文学をめぐるこのような出来事は、サービス精神旺盛《おうせい》で人を驚かすことが大好きな氏からファンに送り続けられる贈りものであるといえよう。なかでも没後十周年の未発表原稿の発見は、私たちを最も驚かせ最も喜ばせた、とっておきの贈りものであったと、今度はその贈りものを文庫本で手にできる幸せを感じながら、つくづくと思われるのである。

(平成二十一年六月、ノートルダム清心女子大学准教授)

この作品は二〇〇六年八月海竜社より刊行された。

十頁《じつぺーじ》だけ読《よ》んでごらんなさい。十頁《じつぺーじ》たって飽《あ》いたらこの本《ほん》を捨《す》てて下《くだ》さって宜《よろ》しい。

新潮文庫　え－1－38

平成二十一年九月一日発行
令和四年七月三十日十一刷

著者　遠《えん》藤《どう》周《しゅう》作《さく》

発行者　佐藤隆信

発行所　株式会社新潮社
郵便番号　一六二―八七一一
東京都新宿区矢来町七一
電話　編集部(〇三)三二六六―五四四〇
読者係(〇三)三二六六―五一一一
http://www.shinchosha.co.jp

価格はカバーに表示してあります。

乱丁・落丁本は、ご面倒ですが小社読者係宛ご送付ください。送料小社負担にてお取替えいたします。

印刷・株式会社三秀舎　製本・加藤製本株式会社

ISBN978-4-10-112338-7 C0195